U0667039

春水流

王明宪 / 著

南京市栖霞区重点文艺创作项目

中国言实出版社

图书在版编目(CIP)数据

春水流 / 王明宪著. -- 北京：中国言实出版社，
2023.11

ISBN 978-7-5171-4676-6

Ⅰ.①春… Ⅱ.①王… Ⅲ.①中篇小说—小说集—中国—当代②短篇小说—小说集—中国—当代 Ⅳ.①I247.7

中国国家版本馆CIP数据核字（2023）第210099号

春水流

责任编辑：宫媛媛
责任校对：张国旗

出版发行：中国言实出版社
　　　　　　地　　址：北京市朝阳区北苑路180号加利大厦5号楼105室
　　　　　　邮　　编：100101
　　　　　　编辑部：北京市海淀区花园路6号院B座6层
　　　　　　邮　　编：100088
　　　　　　电　　话：010-64924853（总编室）　010-64924716（发行部）
　　　　　　网　　址：www.zgyscbs.cn　　电子邮箱：zgyscbs@263.net

经　　销：新华书店
印　　刷：北京温林源印刷有限公司
版　　次：2024年1月第1版　　2024年1月第1次印刷
规　　格：880毫米×1230毫米　　1/32　　6.75印张
字　　数：151千字

定　　价：58.00元
书　　号：ISBN 978-7-5171-4676-6

序一
在现实主义文学里收获王明宪

文 / 李　丹

近年来，文学与现实间的紧张程度，似已抵达波峰，公众对文学现实表达能力的信心，则好似坠入谷底。文学——尤其是现实主义文学——所面临的危机，恐怕主要不在"文学缺乏现实性"，而在于"现实更具文学性"，当现实比文学更能输出轰动效应的时候，现实主义文学还能提供什么？当现实和文学明显缺乏区分度的时候，我们还能向现实主义文学索取什么？

王明宪的小说创作，则在相当程度上回应了这一问题。

逃难而来的扎纸匠、生计困顿的租房客、先天残疾的冥币冥器小贩、无家可归的卡车司机、选择自杀的尘肺病人……这些缺乏稳定的社会认同、时刻面临风险冲击的无根者，构成了王明宪小说的形象主力。在现实世界中，他们挣扎谋生，却往往被视为网格管理的隐患；他们竭力工作，却常常充当水滴筹的对象。在传媒世界中，这种无根人生却又并不缺乏发声与关注，打开任何一个短视频平台，扑面而来的都是他们的日常生活，点开任何一个评论区，也从来不乏同情与祈祝。无根者和无根者的挣扎，虽鲜明，却又注定难以留下丝毫的社会历史涟漪。而在摄像头为王的时代，叙事被折叠为影像、简化为流量，虽能以工业化的输出和商业化的输入覆盖人们的大脑、眼球，却又永远即用即抛。于是，历史学家和网络视频上传主止步之处，文学家登场。王明宪以敛抑、节制的笔墨，为这个时代的无根者作传。在电视连续剧、电影和短视频的夹击下，王明宪为他们写出须尾兼备的故事。

如此写作，是勇气；而写得好，是能力。小说的善巧经营，往往在看似不经意的敞开和暴露之中，《黄纸白花》中讲弃婴薪饭的来历，似是漫笔地插上一句"纳闷怎么会有人把大胖小子给扔了；《米元宝》里写到村里的男人都下了矿井，出殡只能女人抬棺，作者形容"她们没有男人们的一把子力气，但是她们拿出了和男人们一样的力气"，世界的残酷和人类的德性跃然纸上，令人不免悚然唏嘘。然而，揭露这个世界的失序与虚无并不是王明宪的全部野心，他并不想写一本独属于被遗弃者的书。本书的同名小说《春水流》稳健而轻快，小说里卡车司机和澡堂老板的爱情跨过二十几年的山山水水、人生海海，王明宪让一天比一天高的日子，融进坎坷峥嵘的生活，使被放逐和被抛弃之人终能坦然牵手、彼此慰藉。小说中正沉稳，吐纳周圆，显示出作者在摧枯拉朽之外的另一种熨帖风格。

救赎和自救，往往是一切小说家的主题。但无论作者还是读者总不免要发现，彼此之间，其实是狱友与狱友的关系。很高兴能在现实主义文学里收获王明宪，他在丛林般的墙壁间，绘制了给所有人的越狱指南。

（作者系南京大学艺术学院副教授）

序二
从卞庄出发，通往世界

——评王明宪小说集《春水流》

文 / 王振锋

　　王明宪的首部中短篇小说集《春水流》，我们会惊叹于作为一名初涉文坛的"90后"作家，他在文学创作上所崭露出来的非凡禀赋和无穷潜力。他对日常生活敏锐深邃的洞察，他对社会历史勇往直前的批判，他对幽暗人性细致入微的勘探，他对底层平民饱含真情的悲悯，他对小说结构苦心孤诣的钻研，都令人为之惊讶、耳目一新。他以自身纯熟的文学技艺，将个人经验嵌入到大时代中，为那些卑微无名的生命个体和溃败不堪的历史现实发出振聋发聩的呐喊，让我们看到了青年写作在当下的多重可能性面向。

归乡模式、反启蒙与"天真的"小说家

在王明宪的小说中，有一个十分突出的文学地理标志，也堪称是作者自身的精神原乡的地方——卞庄。这是一个令作者渴望逃离而又魂牵梦萦、恨之入骨而又爱之切切的文学地标，它就如同鲁迅的未庄、沈从文的湘西、莫言的高密东北乡、梁鸿的梁庄，等等，既是作者生命的起点，也是他们的文学起点。在王明宪的小说中，卞庄始终是一个无法绕过的精神坐标，它滋养着小说内外的人物，同时也制约着他们。某种意义上，卞庄就是一个庞大的隐喻系统，是当代中国北方农村的"生死场"，卞庄的人们在这里忙着生，也忙着死。

在《黄纸白花》中，小说一开始就写到树生从大城市回到卞庄，经由他的所见所闻、所感所思，为我们呈现了卞庄的人物关系、世态人情和风俗习惯。第一人称叙述者"我"是一个从卞庄走出在大城市落户的大学生，他重返卞庄，为的是处理老屋拆迁赔偿的问题，从此彻底切断与卞庄的物质关联。然而卞庄在现代性这艘巨轮的碾轧之下早已支离破碎、物是人非，城市化的推进，在改善人居环境的同时，也不断侵蚀着卞庄人的精神世界。现代化以无可抗辩的政治正确性，

不仅摧毁了卞庄人世世代代赖以生存的家园，甚至就连他们死后身体和灵魂最后的栖息之所也将被夷为平地。而曾经的发小存根和薪饭，一个随波逐流却成为时代的弄潮儿，为了利益无所不用其极；一个本本分分而依然在生存线上挣扎，成为被侮辱与被损害的弱者。而"我"面对这一切，虽愤怒有之、同情有之，但终究无能为力，眼睁睁看着薪饭被存根设计的阴谋所戕害，最终只能黯然离去。同样的叙事模式在他的《唢呐梦》等小说中都有不同程度的展现。

王明宪在这里借鉴了五四以来"乡土文学"中的一种特别成熟的叙事范式——"归乡模式"。所谓"归乡模式"，也就是"离去—归来—离去"的启蒙主义叙事范式，这一范式通常借用一个外来的启蒙视角来看乡村如何落后和愚昧，又如何需要被教育和被启蒙，但却忽略了底层人民的现实处境，他们其实是不可被启蒙的。在这方面，五四的"社会问题小说"，包括当下为数众多的"底层写作"和"非虚构写作"都未能给予很好的处理。知识分子的精英意识和启蒙精神，让他们更加注重对社会生存环境的质疑和批判，展现出为现代社会中弱势群体进行呼告的伦理意愿，因此也使得他们作品中的人物往往被作者自身的问题意识所统摄，人物最终成了提线木偶，服膺于作者想要确证的某种社会问题。而在《黄纸白花》中，王明宪则对这一叙事范式进行了扬弃。在叙事过程中，他完全摒弃了精英知识分子的启蒙意愿，以一种局内人的平视姿态置身其中，与卞庄的人们同呼吸共命运。他无意于像自己的前辈作家那样对落后的国民性进行批判，更没有以高高在上的姿态企图对卞庄人进行精神启蒙，而是借由树生这一归来者的眼睛，带领我们重新打量卞庄的人和事。作者通过对童年往事的追忆，对卞庄人生存状态的描摹，最终向乡村社会的权力结构和现代性的后果发起了最为猛烈的抨击。

如果让叙事仅仅停留在这一现实批判层面，那么小说的格调与一般的"社会问题小说"也不会有太大的区别，它的意义不过是又一个反思和批判现代性的叙事标本，何况其小说中的那种现实批判也未必就比他的前辈作家走得更远。实际上，我更看重的是王明宪在叙事过程中所表露出的脉脉温情，他在书写底层百姓苦难命运和进行社会批判的同时，没有像一般底层写作的作家那样展现出一种粗暴的叙事逻辑——即作品要深刻，就必须让它体现出某种极端的情感冲击力；而要使叙事具备这种情感冲击力，就必须让人物呼天抢地、凄苦无边，最终坠入道德的谷底和罪恶的深渊，以至于我们无法在他们身上看到丝毫人类本有的温暖和光辉，以及爱和正义，这是一种典型的"苦难焦虑症"。与之相反，王明宪是真正意义上的"在底层写作"，他细细地打量底层的卞庄世界，以充满深情的笔触拥抱卞庄的人和事，并着意凸显他们身上那种坚韧、善良、宽容、自尊、怜悯和自我牺牲的精神，彰显出创作主体内心深处强烈的悲悯意识和深厚的伦理关怀。这在《扎纸人的人》《黄纸白花》《春水流》《唢呐梦》《米元宝》中都有非常独到的呈现。例如《黄纸白花》中的让鬼走在生存早已捉襟见肘之时，凭借自己内心的善念，毅然决然地领养了先天残疾的弃儿薪饭，抚养他长大成人。而当傻子勇勇被坏人引诱到斗牛场生命垂危的千钧一发之际，薪饭义无反顾地救下了勇勇，用自己的身体挡住了牛王那致命的犄角。在《春水流》中，货车司机胡得福与服务区浴池老板关玉娥之间虽然历经二十几年也未能修成正果，结为合法的夫妻关系，然而在我看来，他们身上那种跨越世纪、生死相依、矢志不渝的守护与陪伴，早已超越了世俗和伦理层面的意义，让我们看到了人间的至亲、至爱与至善的伦理之光，足以点亮彼此内心深处的灯盏。此外，《扎纸人的人》中的三老猫对村里孩子们的疼惜与怜爱，《米元宝》中的米元宝为了不给妻儿增加负担而选择自杀的行为，等等，都让我们看到了人性深处那些永不磨灭的灿烂光辉，以及人类生存所必须具备的永恒的伦理质素。就像威廉·福克纳所说的那样："作家的天职在于使人的心灵变得高尚，使他的勇气、荣誉感、希望、自尊心、同情心、怜悯心和自我牺牲精神——这些情操正是昔日人类的荣光——复活起来，帮助他挺立起来。"这句话意在告诫所有的作家，文学应该使人获得飞翔性的精神力量，应该帮助那些被侮辱与被损害的弱者去超越无望凄迷的现实世界，最终实现高贵又神圣的人生梦想。

值得一提的是，王明宪的小说中还时常流露出一种"复仇情结"或"因果报应"的叙事特点，他让坏人得到惩罚，让好人得到馈赠。例如《黄纸白花》中的存根和勾老板终因多行不义而面临无后的恶果，与此同时，小说借助众人之口说出勾老板设计害死的薪饭其实正是他要重金寻找的被遗弃的儿子。相反，薪饭虽然为救勇勇殒命，但是勇勇在薪饭灵前叫喊的一声"爸爸"和哑巴肚子里所怀的孩子，其实也是作者对死者亡灵的一种深情告慰。实际上，对现代小说家来说，这是一条非常危险的叙事路径。一方面，这种叙事方式，稍不留心便会落入传统小说"福报论"和"宿命论"的窠臼；另一方面，在波谲云诡的当代现实语境中，这种善恶有报、福祸相倚的冀望多少会显得有些天真。然而作者却不假思索，几乎没有顾虑文字的理智的，或伦理的后果，而是通过巧妙的叙事将内心那种"天真的"一面与"感伤的"、反思的一面做了很好的平衡。在某种程度上，这正是帕慕克所推崇的"天真的"与"感伤的"相结合的理想创作状态。

在小说《黄纸白花》的最后，当树生拿起尖刀刺向牛王脖颈为兄弟报仇的那一刻，彻底将小说情节推向了高潮，作者似乎也在借此宣示，树生不是其前辈作家笔下那些自私的、软弱的启蒙知识分子，而是与卞庄人同气连枝、同仇敌忾的兄弟姐妹。他的反抗虽然不免也会以失败告终，但是他身上所展现出的不妥协、不合作的大无畏的反抗精神，充分彰显出创作主体内心深处所闪烁的理想主义的万丈光芒。而这，正是小说家王明宪的抱负所在。正如略萨所言："作家抱负的起点是：反抗精神……无论对现实生活提出何种质问，都是无关紧要的……重要的是对现实生活的拒绝和批评应该坚决、彻底和深入，永远保持这样的行动热情——如同堂·吉诃德那样挺起长矛冲向风车，即通过幻想的方式用敏锐、短暂的虚构的天地来代替这个经过生活体验的具体和客观的世界。"

形式感与时代感

当下青年写作存在两个问题，即内容和形式的断裂，文本和时代的断裂。这种情形在最早的那批"80后"作家那里表现得尤为突出，他们在即将步入中年的时候也未能很好地解决这些问题，因此他们也始终没有找到好的方法来将自身所亲历的重大历史事件赋予一种有效的艺术形式。这种情形在"90后"作家这里得到了较为明显的改善，相对于"80后"作家来讲，目前较为活跃的"90后"作家都有着相当不错的知识背景，他们很多都是高校中文系的学生，接受了系统完善的文学教育，在对文学的认知和写作的训练上，无疑都要比"80后"起步时更为丰富。因此，他们甫一出道，就展现出相当成熟的文学审美和书写能力，其故事讲述的娓娓道来、语言运用的老到贴切、思想传达的微言大义，无不透露出那种匠心独运的机巧与妙用来。像王明宪的《扎纸人的人》《黄纸白花》《小武哥》，王占黑的《空响炮》，宋阿曼的《内陆岛屿》，郑在欢的《驻马店伤心故事集》，陈春成的

《夜晚的潜水艇》，等等，都是如此。回到王明宪的小说上来，我们会发现，他几乎是完美地规避了我前文提及的两个叙事问题，他的小说既有内容上的丰赡厚重，又有形式上的灵性轻盈，既有切身性、个人性的审美吁求，又有外部的时代性的思想感召。

　　实际上，对文学创作来说，没有大事情，只有大手笔，写什么和怎么写同样重要。正所谓"太阳底下无新事"，对优秀的小说家来说，不仅要努力去发掘那些人类生存的可能性面向，更重要的是如何用复杂的形式把它们呈现出来，在"有意味的形式"中去将其提炼、升华。王明宪便是一个相当注重形式感的小说家，在阅读他的小说的过程中，我们常常会在审美愉悦之外，看到作者在小说形式和结构方面的悉心炮制和匠心独运，这种对形式之美的追求与小说所呈现的审美内容相得益彰、浑然天成。例如在《黄纸白花》中，作者在叙事主题之外，以一种诗化、散文化的叙述来为我们呈现卞庄的祭祀风俗和人物的童年往事，颇有鲁迅、沈从文等五四作家的遗风，这种自然恬淡的叙述与小说所要表现的残酷现实之间构成了一种强劲的叙事张力，使得小说的审美意境和思想情操都得到了有效提升。《普渡寺》则动用了一种梯形结构，随着叙事的攀升，小说的节奏愈来愈快，小说所要表达的哲学思辨意味也愈来愈浓。而《唢呐梦》则以一种环形封闭结构来隐喻底层人物命运的封闭性和循环性。

　　自"80后"诞生以来，青年写作便一直因耽于个人化、极致化的青春书写，以及对历史和时代的双重疏离而饱受诟病。直到近十年，他们在即将步入中年之际才开始真正面对历史问题，并且自觉去找寻自我世界与外部时代之间的关系。但是，当我们观察时下活跃在文坛一线的"90后"作家，如王占黑、陈春成、宋阿曼、王明宪等，便会发现我们曾经所担忧的青年写作的时代感问题，在他们这里几乎已不再成为问题了。他们虽不像早期的"80后"那样少年成名、一炮而红，其出场方式也不似"80后"那般被万千光环所萦绕，但是在自我与时代关系的洞察和处理上，他们远远地超过了那批"80后"作家。他们的写作几乎没有"80后"那样明显的时代焦虑感，时代在他们的小说中也不再仅仅是作为一个叙事装置，而是与作家心性和生活阅历融为一体的生命经验。

　　读王明宪的小说，我们会打破时下社会对于"90后"的刻板印象，即认为他们是享受改革开放成果的幸福无忧的一代，我们会发现，"90后"也有关于艰辛和沉重的生活体验和经历，他们的记忆当中有很多沉重的东西在。社会转型、文化变迁、计划生育、城镇化、房地产、拆迁，包括一些社会冲突事件，等等，在王明宪的小说中都有较为深入的呈现。这些事件与王明宪小说中人物的命运几乎是同构关系，甚至从根本上影响他们的生活状态和情感观念，成为他们生命所不能承受之重，而非作家为了推进情节发展所安放的特殊装置。他的《黄纸白花》《小武哥》等小说都与我们当下所亲历的生活和时代密切相关，甚至可以找到原型。

实际上，如果仔细观察当下"90后"的小说创作，我们会发现，他们其实很少去写这个时代特别新潮的东西，比如人工智能、电子游戏，等等，他们也很少像早期的"80后"那样去描绘那些关于青春、关于爱情、关于疼痛的同质化生活。相反，他们正在用各自不同的方式去洞悉这个时代的隐秘，王明宪的卞庄世界、郑在欢的伤心故事、王占黑的街道江湖、陈春成的南方想象，等等。他们正在以自己的方式去探入这个裂变时代的深处，但又不随波逐流，不为世纪之光所蒙蔽，并且能够瞥见那些时代深处的阴影和晦暗，进而成为这个时代的异己力量，从某种程度上来看，他们正是阿甘本所谓的真正的"同时代人"。在我看来，王明宪从卞庄出发所通往的文学世界，正是因为他的这种紧贴时代而又拒斥时代的写作，而变得丰富阔大起来。我期待着并相信，有朝一日，王明宪会走出卞庄，走向中国，迈向更为高远辽阔的文学殿堂。

（作者系南京大学博士）

目　录

扎纸人的人

我出生在卞庄。

在卞庄，人死了都是要扎纸人的。老话说，生在人间，死到阴间。人死了，不是什么都没有了，人死了还有去处，去处就是阴间。就好像一个人，有自己的影子。人间和阴间就好像一个人和他自己的影子，阴间就是人间的影子。所以，在卞庄一个人快要死了，他们的亲人就会提前到三老猫那里去定制一批纸人，当然纸人只是一个统称，除了纸人，还有纸房子、纸牛、纸马、纸桌子……三老猫一辈子都在卞庄扎纸人，去的最远的地方就是隔壁的镇子火神庙，去那里也是为了批发扎纸人的原材料芦苇，以及各种颜色的纸。

三老猫是五八年闹灾荒的时候跟着奶奶逃到卞庄的，那个时候，他仅仅 6 岁，凭借着祖祖辈辈传下来的扎纸人的手艺，奶奶带着他在卞庄栖了身。但是因为身边只有一个上了年纪的奶奶，更无人筹谋，他到了二十九岁也没有结婚。在村子里，男的一般二十岁就结婚了，过了二十五还没结婚的，八九不离十就要一辈子打光棍了。三老猫的奶奶因为这事一直耿耿于怀，也就郁郁而终了。三老猫奶奶一死，也就真的只剩三老猫一个人了。

　　卞庄附近有一处不知道什么时候留下来的野坟场，都是无主的孤魂野鬼。三老猫逢年过节都要去那里烧很多的纸人、纸钱，卞庄的人不知道三老猫是给死去的爹娘烧，给卞庄坟场的孤魂野鬼烧，还是给他们一起烧，总之卞庄的人去耕田的时候，从坟场路过，碰到过三老猫好几次。三老猫的奶奶死了之后，因为是外来户，没有地，村里的人给三老猫出主意，最后三老猫的奶奶也葬在了坟场。从那以后，三老猫去坟场也就更加频繁了。后来，有人看见三老猫从坟场带回来三只出生没多久的小猫，一只黑的，一只花的，还有一只白的。卞庄的人打趣道，这下三老猫一家四口人齐全了。三老猫没有说话，不过"三老猫"这个外号倒是流传了开来。叫的时间久了，三老猫的本名，倒是没人记得了。

　　卞庄的人一般是不会去三老猫家里串门的，因为三老猫是给阴间的人做东西的，所以，所有人都一致认为，在三老猫的家里，肯定有不少脏东西。卞庄的人在茶余饭后恨恨地说的时候，时不时地会有人提出疑问，啥脏东西，脏东西不就是死了的先人，哪天我们死了，也成脏东西了？说的人和反驳的人总会因为争执不下而争吵许久，但是一句该做饭了，争吵立马就会偃旗息鼓。卞庄里的孩子因为年纪小，所以不忌讳这些，因为卞庄家家户户都穷，即使是去赶个集也不给孩子买什么吃的玩的，而三老猫扎的那些栩栩如生的纸人，就成了孩子们觊觎的宝贝。孩子们，尤其是七八岁的小孩子，男孩女孩都有，没事的时候，都会偷偷地跑到三老猫家里看三老猫扎纸人。说来也怪，再调皮的孩子到了三老猫家里都乖乖地坐在三老猫的周围，不动声色地看三老猫扎纸人。三老猫虽然没有结婚，也没有孩子，但是很喜欢孩子。他扎纸人的技术十分娴熟，总能在很短的时间内，在材料齐全的情况下，以迅雷不及掩耳之势扎好一个男仆，抑或是一个女仆。但是只要有孩子到他这里来看他扎纸人，他扎纸人的速度会很慢很慢，每个孩子都能看到纸人是怎么扎的。但总保不住有那么几个调皮的孩子，在夕阳西下将要离去的时候，趁三老猫去锅屋里烧上汤的空闲儿，偷拿还没完全扎好的纸人，跑回家里去。纸人终究是冥器，拿了纸人回家的孩子总少不了挨一顿打，被父母提溜到三老猫家门口不远的地方，也不靠近，大大地喊一声"老猫叔"，这个时候三老猫就会出来，孩子的父母总会说一声"对不住"，接着使劲打起孩子的屁股来。虽然打得很用力，却不疼，因为这是给三老猫看的，毕竟小孩子偷拿了人家的东西要给人家赔个不是。倒是三老猫显得很心疼的样子，连连说别打孩子，不妨事，不妨事。孩子的父母这才会罢手，临了的时候，孩子的父母总要客套一番，一边拎着孩子一边走着，说老猫叔到家里去坐一下吧，喝碗汤。三老猫知道别人是客套话，所以也从不应承，只说喝罢了，喝罢了。如果来的是孩子的父母，他们喊的是"老猫兄弟"，如果来的是孩子的爷爷奶奶，他们就唤一声"老猫"。因为三老猫是外来户，在本庄无亲无故，所以也就没有什么辈分，因此只能按照年龄的大小来称呼了。

庄子里的孩子因为去三老猫那里去得久了，和三老猫熟络了起来，有时候也会告诉三老猫一些三老猫不知道的事情。比如家里买了电视机、有了洗衣机，这个时候三老猫就会仔细地盘问孩子电视机长啥样、洗衣机长啥样。

村子里有一个叫狗狗的男孩子，只要有空都会往三老猫这里跑。每当这个时候，总是最积极，争先恐后地跟三老猫讲电视机啥样、洗衣机啥样。这些都是他去别人家里看到的，他们家并没有这些东西。狗狗跟着自己的爹过日子，因为家里穷，他娘在生下他的时候就跑了。每次他问庄子里的其他人，自己的妈妈去哪里了的时候，别人都会告诉他，他的娘跟老和尚跑了。小孩子不懂，就跑着回家去问自己的父亲，有几次三老猫看见了狗狗这么疯跑着，大声地喊了几句："慢些跑！"

狗狗抢着说的时候，总会有孩子站出来指着狗狗说，他们家没有，他是在别人家看到的。狗狗这个时候又会梗着脖子，硬着头皮说："猫大伯，是问我们电视机、洗衣机长啥样。又没问电视机、洗衣机是啥样的，我是在别人家看到的，又咋样？"每当这个时候，三老猫也不急不恼，也不劝架，他总是会走到屋里，给每个孩子一人拿一个一毛钱一块的麦芽糖，发给他们，孩子们也就不再争吵了。每到傍晚，孩子们也就四散离去了。只有狗狗每次总是最后一个走，想多逗留一会儿的样子。最开始的时候，三老猫以为孩子是不想回家，就亲切地告诉狗狗，天不早了，自己这里阴气重，早点回家。狗狗则两眼巴巴地望着三老猫，说老猫爷爷，我大大又出去喝酒了，家里没人。这个时候，三老猫总是深深地叹一口气，领着狗狗进了自己的屋子里，把自己准备的吃食摆到狗狗的面前，说一句快吃吧，狗狗就开始狼吞虎咽地吃了起来。三老猫看着狗狗，摸着狗狗的头，说一句咱爷俩咋那么像呢。说来也怪，别的孩子虽然喜欢在三老猫这里玩，但是也都不大会去三老猫的里屋。因为纸人经受不住风吹日晒，所以，三老猫比爱惜自己还要爱惜自己扎的纸人。因此，三老猫的里屋除了一张睡觉的床，还有一个吃饭的小桌，其他的地方都塞满了纸人。三老猫领狗狗进屋的时候，狗狗这个小不点儿也被眼前的景象惊呆了，只看那红纸牛、白纸马都栩栩如生，童男童女也都活灵活现，扎的纸房子也是金碧辉煌，只是纸人和纸牛马都没有眼睛。狗狗问三老猫，这些纸人咋都没有眼睛，三老猫告诉狗狗可不敢现在就给它们把眼睛点了，不然会引鬼上身的，吓得狗狗也不敢再问了。

饭吃得差不多的时候，三老猫把狗狗吃剩下的吃食一口气就吃完了。趁着三老猫吃饭的时候，狗狗怯生生地问三老猫，猫爷爷，我也想要电视机，你能不能给我扎一个。三老猫听了愣住了，赶紧捂住狗狗的嘴，伏在狗狗的耳朵旁，说以后再也不许说给自己扎纸人的话了，听猫爷爷的，纸人是扎给死人的，给活人扎纸人，那是咒人家。狗狗从此再也不敢提这茬事了。自从三老猫给狗狗饭吃，狗狗来三老猫这里的次数也越来越多，有时来的时候，只有狗狗一个人，也没有其他孩子，三老猫一边扎纸人，狗狗就在一旁帮三老猫裁纸。三老猫平时就话不多，狗狗经常和三老猫在一块儿，也变得安静了许多，只学着三老猫做工的样子，也认真地把三老猫交给他的任务，把彩纸一张张、一块块裁剪得好好的。

　　狗狗也不是每次都在三老猫这里白吃白喝。夏天到了的时候，卞庄后面的湖里荷花都会盛开，整个卞庄一到夏天，都能闻到荷花的香气。因此引得卞庄还有卞庄周边庄子的小孩子都争先恐后地跑到湖里去游泳、摘荷花、摘荷叶、摘莲蓬。卞庄后面的湖并不是自然形成的，而是因为在卞庄的下面，有一家大型煤矿公司一直在采煤，有的地方的下面被挖空了，就形成了塌方，一塌方，一下雨，日积月累就形成了深不可测的湖。因此，到湖里游泳、摘荷花发生溺水的事情每年都有，每一年也都有人因为溺水而亡。为此，三老猫千叮咛万嘱咐狗狗一定不能到湖里去游泳，更不能到湖里去摘莲蓬。狗狗肯定地点了点自己的小脑袋。

在卞庄，越来越多年轻的男男女女都会外出打工，打工比在家种地强，打工一年挣的钱比种庄稼要多得多。卞庄的男仔，一个劲儿往外跑打工，还有一个原因就是找老婆。改革开放的热浪席卷中华大地之后，越来越多的人钱包鼓了起来，但是也有越来越多的人更穷了，不知道怎么回事。而随着有的人越来越有钱，一些在外打工的漂亮女仔出去了就不回来了，回到卞庄的时候，也是轿子送回来的（在卞庄，轿车就叫轿子），打扮得花枝招展的，卞庄的老人们都说，就像电视机里的狐狸精，比狐狸精还狐狸精。坐轿子回来的女仔，多数身后都跟着一个保养得不错的男人，戴着墨镜，头发呢，按照卞庄老人的说法，梳得跟狗舔的似的，手里大包小包地拎着。起初，卞庄的人还都不以为意，但是慢慢地，看着别人家里的女仔都是坐轿子来的，女婿都是有本事的大背头，就开始嫌弃自己在家里打药拔草的女儿了。就这样，卞庄越来越多的女仔都开始往外跑，希望能找一个开轿子的大背头，而不愿意找本地的男仔。女仔都跑了，男仔找不到媳妇，所以男仔也就开始往外跑。只是卞庄的人一直没弄明白，都是打工，男仔力气更大，咋还不如女仔混得好呢？只是出去的女仔多，找到大背头的也不少，但是找的既是大背头，又能坐着轿子回来的女仔却不多。有的女仔回来的时候，啥都没有带回来，却挺着一个大肚子回来了。

卞庄有一个女仔回来的时候，太阳刚落下山，卞庄的老人都还坐在庄子口话家常。老人们说，出去就是好，胖了那些。女仔大气不敢出一个，捂着脸就钻到自己家里了。

在大街上站着喝汤的女人们记得，这女仔刚钻到家里没几分钟，好像是锅碗瓢盆打烂的声音，还夹杂着咒骂声，"辱没先人的东西"，"你还回来干啥，怎么不死在外面"，"哪个野男人的种这是"，站在街上喝汤的女人们再竖着耳朵听，女仔的娘就把大门给关上了。女人们就端着碗，蹑手蹑脚地跑到了门口，把耳朵贴在门上听，一个个听得聚精会神，直到天快黑了，这些女人们才屁股一扭一扭地各回各家了。

卞庄的旁边有一条河流过，所以到了后半夜，总能听到蛤蟆蝌蚪的叫声，此起彼伏，构成了夏日的一曲美妙的音乐。只是女仔回来的那天后半夜，卞庄的狗好像不知被什么惊到了，"汪汪汪"地叫了好久，弄得好几家有小孩子的人家出来骂，只是越骂，狗叫得越厉害，这些人也就索性不管了。

女仔是卞庄的鱼把式老拐最先发现的，发现的地方，在卞庄后面的湖里。发现的时候，已经是四天后了，尸体在水里泡了四天四夜，又因为是夏天，已经绵软了，变得就像豆腐，似乎只要一拎，就能把肉给抖落下来。女仔穿了一件红色的衣服，这是心里有怨气，是在跟所有人说，要变成厉鬼来找你们。女仔的家里人是用了一块塑料布把女仔给裹起来的，也没有让人吊唁，直接就火化了。

卞庄的人都说，臭啦。

这个"臭啦"，不仅是女仔的尸体臭了，还说的是女仔的名声臭了，卞庄所有女仔的名声都臭了。消息是那天傍晚端着碗喝汤的几个女人传出来的。原来下庄的女仔坐轿子回来，不是给人家做了老婆，而是做了小三。有人问啥是小三？那几个女人叉着腰牛气哄哄地道，就是情人。有人又问，啥是情人？那几个女人就不耐烦了，就是相好的，这下下庄的人就都明白了，他们都知道"相好的"啥意思，就是女的和男的干那事了，但是他们又没有结婚，就是相好的。出去的女仔，能做小三的都算是好的了，还有些在城里的发廊做了小姐，还有一些被城里的男仔给骗了，人财两空。死的女仔就是和一起打工的男仔相好了，后来女仔怀孕了，男仔前几个月还照顾着，后来说是家里给说了一房好的亲事，男仔只是说让女仔把孩子打掉，自己就偷偷地扔掉女仔，跑回家结婚去了。

"造孽啊。"这事三老猫也听说了，还听说，女仔是怀着孩子死的，煞气重得很。说来也怪，自从女仔的家人匆匆把女仔给埋了之后，女仔的家里就接二连三出事了。先是喂的一群羊，在过公路路口时，被车给撞死了一只，没有撞死公羊，也没有撞死羊羔子，偏偏撞死的是一只即将要分娩的母羊。女仔的弟弟说是不是二姐来报仇了，女仔的爹咬着牙恨恨地说道，她敢！女仔的娘喃喃地说道，改天给孩子去烧些纸钱吧。女仔的爹又恨恨地说道，都是你生的赔钱货。女仔娘则怯生生地反驳一句，要不是你一个劲儿想要儿子，我怎么会生那么多女儿？可怜我的三儿，我的四儿，说着就又哭了起来。

在卞庄，计划生育以前，一家最起码要有六七口人，一对夫妻生五个八个孩子都是很稀松平常的，老拐的娘就生了他们兄弟十三个，卞庄的人都说，如果不是计划生育来了，老拐的娘还能再生十三个。老拐虽然有十二个姊妹，但是兄弟却只有三人。在卞庄这一带，男尊女卑的思想并没有随着时代的变化而式微，相反大有愈演愈烈之势。尤其是计划生育开始之后，越是不让生，卞庄的人越是要生，有一个儿子也不行，怕是独苗不好活，总要生至少三个儿子为止。有的男人让自己的女人怀孕之后，就在一个月黑风高的夜晚，夹着一个包袱带着自己的女人逃到县城里猫着，打打小工，等到孩子生了之后再回到卞庄。虽然别的地方也在查计划生育，但是你不是我们户籍记录在册的村民，计生办的人见了你也会视若无睹。

夭折的孩子分两种：一种是还未出世就没了的，还有一种是没有长大到十四岁中途死掉的。不管是哪一种夭折的孩子，死了，是没有葬礼的，要立即将夭折的孩子埋在无人知晓的地方，连坟头也不会留。一般夭折的小孩都是来讨债的，给它扎不得纸人，扎纸人的人都是要折寿的。

从那次之后，卞庄也有孩子夭折，有害病死的，也有在自己家鱼塘钓鱼，爷爷奶奶没有看着，一个趔趄栽到鱼塘里溺死的，还有吃花生米卡在了喉咙里，窒息而死的。这些孩子的家人都来找过三老猫，希望他们能给自己的孩子扎纸人，了却尘缘，黄泉路上好走。然而，但凭这些人怎么求，说什么好话，三老猫都没有答应。卞庄的人都开始戳三老猫的脊梁骨，三老猫这是怕死嘞，对于庄子上这一类的风言风语，三老猫只装作不知道，也不辩解。但是，庄子上还有些人在背后指指点点说三老猫活得也能算个人？每次听到这样的话，三老猫的心就好像被刺中了一般。三老猫也在时时刻刻想，自己到底算不算一个人，自己和自己做的纸人又有什么区别？

虽然三老猫因为不给夭折的孩子扎纸人，而遭受到卞庄人背后的非议，但是无论发生什么事，雷打不动，每月阴历十五，三老猫都要去一趟火神庙镇采购下个月扎纸人所需的原材料。三老猫不仅会采购原材料，自从卞庄的孩子们发现了他那里是一个可以尽情玩耍的地方，经常来他那里之后，三老猫每次去赶集，也都会买一些麦芽糖之类的小吃食，等孩子们到他那里去玩的时候，分发给他们。孩子们也是越来越喜欢三老猫了。三老猫没有孩子，现在卞庄的孩子都陪着他，这让他感到莫大的欣慰。

那天，女仔的娘是上半夜还早一点来敲三老猫的门的。那时候三老猫正在偏屋里收拾扎纸人的材料。

三老猫没有关门，因为三老猫一直都不会很早关门，直到自己要上床睡觉的时候才会把门关上。因为本来就很少有人来自己这里，更没有人在这个点来自己这里。

所以，当女仔的娘站到偏屋门口的时候，着实把三老猫吓了一大跳。三老猫连忙拍了拍自己身上的芦苇穗子，理了理自己的头发。女仔的娘站在门口说道，老猫大哥今年也不过四十吧。庄子里的人都不大爱走动，你又是扎纸人的，提起老猫大哥，倒叫外面的人以为你是七老八十的人呢。三老猫没有抬起头正眼看女仔的娘，只是连连说道，谁说不是，谁说不是，妹子的话在理。说完，三老猫又不由自主地拍打起身上的灰尘来了。拍着拍着，三老猫突然想起来好像忘了什么，连忙问女仔娘，妹子喝罢了？女仔娘笑了一下，露出了脸上的酒窝，都喝完啦，这个点谁还没喝汤呢？三老猫也笑了，头点得像拨浪鼓，"是、是"地应承着。三老猫终于想起来关键的问题，女仔的娘一个妇道人家，如果没什么要紧的事，是不可能那么晚了来一个光棍汉子的家里的。妹子，你来我这儿有啥事？有啥事你就说吧。女仔的娘身子往屋子里凑了凑，老猫大哥，我是女人，我知道男人想啥呢。你一个人过了那么多年，苦啊。你要是不嫌弃，今天在这里，我给你当一回女人，娃他爹出去照蛤蟆啦，要明天早上才回来。人活着都不容易，大哥你也尝尝女人是啥味的。我啥都不求，就求个纸人，我的孩儿被挨千刀的男人给害了，怀了孕却做不成母亲，孩子的五七都过了，就送了些纸钱，可是我是当娘的，我知道孩子心里苦，做人被男人给欺负了，现在做鬼也只能做孤魂野鬼。我就想着给她送个孩子，我这个当娘的说啥也要帮她了了这个心愿。说着说着，女仔的娘轻轻地抽泣了起来。三老猫什么都没有说，只是从自己的裤腰带上解下来了自己的旱烟袋，用火柴点着吧嗒吧嗒地抽了起来。老猫叔，我吃完了。女仔的娘，这才发现自己的身后正站着一个小孩子，嘴角黏着好几粒米，吃得油光满面。再仔细一看，原来是狗狗。三老猫听到狗狗说话的声音这才回过神来，一边说着吃完了就把碗筷放到锅屋里，一边说都是乡里乡亲的，娃的纸人包在我身上了。你放心吧，我明天就去赶集采买些好的纸张、芦苇条回来，我明天去了大集，就多待两天，帮孩子把这事给办妥。三老猫说着的时候，看了女仔的娘一眼。眼光正好和女仔娘碰到了一起，女仔娘的头连忙低了下来。头低下来的时候，女仔的娘一边往回走，一边说：老猫大哥，你是个好人。三老猫则说，狗狗的大大又给他找了个后妈，孩子怕后妈不敢回家，晚上经常在我这儿。狗狗他大大知道，他只管和那个女人在家里，对孩子也就不管不问了。在三老猫一口应承下来女仔的纸人之后，女仔的娘就匆匆忙忙地消失在了夜色之中。只有三老猫站在自己门口许久许久，烟袋锅里的旱烟已经熄灭了，三老猫又点燃了一锅，蹲下来靠在了门口的墙根上，吧嗒吧嗒地抽了起来。

三老猫蹲在墙根抽完两袋旱烟的时候，狗狗跑了出来，扑到三老猫的怀里，奶声奶气地说，老猫叔，我把吃饭的碗筷都洗刷好了，你去检查检查吧。三老猫捏了捏狗狗红扑扑的脸蛋，老猫叔相信你。狗狗歪在三老猫的怀里，小眼睛盯着老猫叔，人家都有老婆，你怎么没有老婆？三老猫笑了笑，老猫叔不需要老婆。狗狗又说，老猫叔，你骗人，是男人都要找女人的，俺爹就给俺又找了一个后妈。三老猫抽着手里的旱烟，没有回答狗狗。过了许久，三老猫缓缓地说，狗狗，你过几天再到老猫叔这里玩好不好，接下来几天，老猫叔要帮人家抓紧扎纸人。狗狗搂着三老猫的脖子，问那我去哪里玩呢？庄子上那么多小朋友呢，你跟着他们一起去玩呀，你是孩子就要经常和孩子们在一起玩呀，你说是不是？等老猫叔忙完这几天，你来老猫叔这里，老猫叔给你买麦芽糖吃。狗狗一听有麦芽糖吃，高兴地从三老猫怀里蹦了起来，拍着小手直说好，三老猫看着狗狗，自己也笑了起来。三老猫笑着笑着在狗狗的额头上亲了一口，狗狗也在三老猫的脸颊上吧嗒亲了一口。

这天，女仔的娘来的第二天早上，距离阴历十五还差一天的日子，卞庄的人看到，早上很早的时候，三老猫就急匆匆地从庄口去了。有人问，三老猫，多少年来，雷打不动，你都是十五才去大集，今儿个太阳是打西边出来了，你这提前了两天。三老猫也不说话，也不作答，只是嘿嘿一笑，更加加快了自己的脚步，匆匆消失在早晨的雾霭之中。

这天，卞庄的人还看到，就在傍晚要喝汤的时候，女仔的娘挎着篓子，里面有一些酒肉还有一些日常用品从庄子口回来了，脸上的气色相较于一个月之前好了很多，脸上红扑扑的。卞庄的人说如果没记错，这是自从女仔出事之后，女仔娘第一次出庄子去买菜。而女仔的爹在这一个月之中，出去下地笼，晚上去照蛤蟆的频次也几乎是隔天就一次。下地笼一般都要在傍晚的时候，第二天早上去看一晚上的鱼获，可以抓一些稻田河沟里的小鱼、黄鳝、小草鱼、鲫鱼、鲤鱼羔……照蛤蟆则是必须在晚上，这里的蛤蟆并不是癞蛤蟆蟾蜍，而是青蛙，只是在卞庄这里，大家都把青蛙叫作蛤蟆。而抓青蛙的工具，就只是一个矿灯，或者一个手电筒。因为灯光一照青蛙，青蛙就会一动不动地等人抓住，因此抓青蛙，就被叫作照蛤蟆。众人道："给娃儿他爹买的下酒菜啊？"女仔的娘低头一笑，表示如此，也并不说甚话。

　　卞庄的人再看到三老猫的时候，看到他的怀里正抱着一个孩子，卞庄的人打趣道，老猫，你这是从哪里偷来的孩子？三老猫走过去也并不言语，这时候众人才看清楚，三老猫怀里抱着的哪是个孩子，而是他自己制作的纸人，三老猫怀里的纸人还穿着真正的孩子的衣服，这样子抱着如果不仔细看，就真的以为是一个孩子了。众人皆叹，别说是卞庄，还是火神庙，就是全地球、全宇宙，论扎纸人，三老猫一定都是头一份。三老猫手里的纸人被三老猫放在了女仔的家门口。放下的时候，三老猫在门上先敲了三下，愣了一会儿又敲了两下，就离开了。离开后，一根烟的工夫，女仔的娘就打开了门，把纸童抱了起来，出来的还有女仔的弟弟和她回家探亲的姐姐，他们娘仨，带着纸童子向卞庄墓地走去，慢慢地消失在了卞庄人的眼中……

黄纸白花

　　再见到薪饭的时候，正是年初六，走亲戚拜先人的日子。

　　我刚从公共汽车上下来，笔直地站在卞庄路口，像一个归来的士兵，瞭望着。不过数年，这里已经发生了翻天覆地的变化。就地拆迁，看样子让家家户户实现了楼上楼下的好日子。还没有被拆迁的人家，老子儿子孙子，叠罗汉似的，一个拥着一个，堵在自家的门口，隔着一条蚯蚓样的街道，眼巴巴望着一栋栋已经建好而又挺拔的楼房，露出歆羡的目光，想着什么时候才能轮到自己。

　　最令人瞠目的还是一幢巍峨的仿古建筑，矗立在卞庄河另一边的自留田里，跟宫殿似的，檐牙高啄、钩心斗角，屋顶上龙凤雕塑左右各一，张牙舞爪、奋翅鼓翼，像是要从天上飞下来。仿古建筑大门遥呼卞庄村口，匾额上正楷"福寿天宫"，正对村口鎏金仿宋"美丽卞庄"。

"城市化啦！"是傻子勇勇，不知道他从哪里听来的，边跑边喊，追逐着过往的小轿子。小的时候，他追过往骑凤凰赶集的女人要果子吃。现在长大了，虽然还是傻，但已经知道追着过往的小轿子，跟在后面，去捡拾车里男人们丢出来的烟蒂，然后小心翼翼地捏在两根手指间去抽。在卞庄，看一个男性有没有变成男人，就是看他有没有学会抽烟。我正想喊"勇勇"，准备给他几块钱让他去买馍吃的时候，他已经去撵一个骑电动车路过的美丽女人了。虽然周围来往的人很多，但并没有人去制止他的危险行为。倒是路边有几个二流子"咯咯"地笑着，还在一旁撺掇起哄。

一辆拉老鸡的四轮车，从路口急速驶过，扬起漫天尘土。或许是受到了惊吓，车上一笼笼的老鸡扑棱着翅膀，做着最后的反抗，像是希望能从满是铁锈的牢笼里逃脱，但是并不能够，最后它们只能"咯咯""咯咯"地叫唤着。几张黄表纸随着三轮车带起的风，与尘埃一起，飘落在我的跟前。远远地，我看到一个人晃晃悠悠地向我走了过来，目光穿过来人，我看到了他身后堆放着金元宝、冥币、白花、黄表纸的摊子，还有一个戴着方巾的女人，正灰头土脸地在摊子前一张一张地数冥币，数好了就用皮筋扎成一小捆放在用芦苇做的苫子上。我知道，那女人应该是卖冥币的人的妻。看架势，卖冥币的人来我这边，是要捡回从他摊子上被风刮走的黄表纸。我怕黄表纸还会被吹走，就放下了手里的行李，先替他拾掇了起来。等卖冥币的人走到我跟前的时候，我才知道是薪饭。在我认出薪饭之前，是他先认出了我。

树生！看着眼前灰头土脸的男人，模样那么陌生，但是听声音是那么熟悉。我是薪饭啊！薪饭说。我迟疑了一下，记忆中的薪饭只是个跛子，但现在的薪饭还残缺了一只手掌。你是跛子？我问。薪饭高兴坏了，知道我认出了他，就说，是啊，我是跛子啊！跛是薪饭先天带来的残疾，后来长大了就成了他的名字。薪饭是让鬼走养大的，但他并不是让鬼走的孩子。听人说，薪饭因为先天残疾，脚长歪了，刚生下来没多久，就被亲生父母给扔在了"林"上。

卞庄埋死去了的人的地方，生长着许多许多的树，什么样的树都有，最老的一株，是一棵轩辕柏，长在上林的入口处，即使是卞庄胡子最长的老人也会说，那棵树比他们还要老。卞庄的整个坟地一直都是郁郁葱葱的，到了冬天也有一些树依然挂着绿色的叶子。所以，卞庄人叫自己的坟地不叫坟，都叫"林"。不过近些年，那棵轩辕柏像是病了，零零星星地挂着几片叶子，好死不活的样子。卞庄的人传言许是要修路，惊扰了它。

林上因为种了很多树的缘故，到了夏天，总是能听到此起彼伏的蝉鸣。所以，聒噪的日子里，卞庄人吃了晚饭都会结伴而来，在祖先的头上动土，到处摸爬蚱。也就是在这个时候，让鬼走发现了正在轩辕柏下面哭泣的薪饭，叫声很响亮，又是个男孩。卞庄的人第一眼瞧见了，还很纳闷怎么会有人把大胖小子给扔了。那年头，正赶上计划生育，家家户户都只能生一个孩子，乡间又都重男轻女，都要个传宗接代的，身子还能生的，就算是背井离乡、东躲西藏也要生；不能生的，就四处托人去买。有人照着手电筒，让大家伙仔细瞧瞧，拨开包裹着婴儿薪饭的襁褓，看着在让鬼走怀里蠕动的婴儿薪饭，大家才明白过来，这是个有缺陷的孩子，脚畸形，长大了也是一个残疾。有人跟让鬼走说别管了，他管自个儿都费劲，更别提还要再管一个有残疾的男孩了。让鬼走没吭声，最后还是把孩子抱走了。

那一夜，爬蚱叫得特别厉害，吵得卞庄人一晚上都没睡好。卞庄的人说，这树上的爬蚱，沾了先人的灵气，是成了精的，它们啥都知道。

我问薪饭，你爷身子骨可还硬朗。薪饭没有立即回答，用仅剩的一只手把耳朵上夹着的烟取了下来，往我跟前递。烟是土烟，报纸卷了烟叶弄成的。我告诉薪饭，我现在已经不抽烟了。薪饭没有继续客套再让我。他把浸渍着汗液并且皱巴巴的烟放到了自己的嘴里，用嘴嘬着，把唯一的一只手倒腾出来，又去自己的口袋里掏打火机。风太大，又或许是打火机没油气了，只有一点点很微小的火光，风一吹就倒，反反复复试了几次。我用双手去给他捂着，也不管用。薪饭看着我手里的黄表纸，示意我把黄表纸往打火机前面靠靠。

我还没反应过来，薪饭已经用打火机一刹那的微光点燃了黄表纸，火"噌"地一下子就起来了。香烟点着了。我把黄表纸甩到了地上，有点心疼地说，还是那么不讲究！黄表纸是给死人烧的，你拿来点烟抽，也不嫌晦气。薪饭深深地吸了一口，又长长地吐了一口烟圈，很满意的样子。他说，我爷还能行，就是吃得不大多了已经。爷是爷爷的意思，薪饭的爷就是让鬼走。按理来说，薪饭是由让鬼走养大的，养父也是父，得叫大大。但让鬼走不让薪饭这么叫他，让他叫爷。

让鬼走捡到薪饭的时候，已经五十开外了。彼时，在卞庄，人死吊唁之时，在主家扎了奠花的大门口，总会坐着一个看样子上了年纪的老人，在老人的头上也总会悬挂着一面黑黢黢的鼓。鼓是用麻绳拴住，挂在墙上的。擂鼓的一柄竹节棍是用藤条制成的，并不是很粗，就攥在老人手里。老人眼神不好使，一只眼睛已经看不见了，另一只眼睛也害病，瞪得老大，像是要从眼窝里滚出来的样子。但他耳朵出奇地灵敏，在村口就能听出哭声，又能够根据哭声辨别来了几个人。卞庄的人不知道是何道理，有人说，敲鼓的老头已经有阴阳眼了，他的眼睛不在脸上，在心里，传得神乎其神。后来，我上了学才知道，那是每个人的声音都不一样，老头是靠音色辨识的。吊纸客前脚踏进家门，老人手里的竹节棍刚刚好落在送魂鼓的鼓面上，等客人后脚也踏进家门的时候，鼓声发出，奠堂里的孝子贤孙听到鼓声，知道是有客来吊孝了，便一齐哀号。

敲送魂鼓的老人，姓让，叫让谷子。他没有家，是村里的五保户，无儿无女，最后大队给他安排了一个活，去看守火神庙。家有了，钱也有了。谁家有人故去的时候，就会有人来找让谷子，请他去敲一天的送魂鼓，钱是没有的，不过可以管两顿饭，送两盒烟，有吊纸客没吃完的饭菜，让谷子也可以折走。让谷子不抽烟，但是每次别人给他烟，他也要，他是拿烟去小卖部跟人换两毛钱一两的高粱酒喝，一次能换多半桶。

"让谷子"大家叫的时间久了，就叫成了"让鬼走"，正好他又给死人敲送魂鼓，没有他的送魂鼓，谁家死了人都不会安生，卞庄故去的人只有听到鼓声，才会赶着去投胎。"让鬼走"这个名字不管是在音上，还是在意思上，和让谷子倒也十分贴切，渐渐地"让鬼走"就成了他的名字，让谷子就渐渐地被人遗忘了。

让鬼走拾了薪饭，就算是有了香火。生活就有了奔头，他不光到处给人打小工，还加入了建筑班，到处给人盖房子挣钱攒钱。薪饭到了上学的年纪，让鬼走已经在自家的自留田里起了一片小院，不大，但堂屋、厨屋、茅子，该有的都有了。人都说，让鬼走日子要好了。经人点拨，孩子要上学，得取一个大名了。让鬼走拍拍脑门，这才想到，自己一直叫孩子大羔，但这是个小名，要上学了，自然还要再起个大名，就又去火神庙镇请了算命先生，最后给孩子取了个薪饭的名字。薪是木柴，正合孩子在轩辕柏下被拾到的命理，又有传承之意；"饭"为食，食为天，是让孩子一辈子都能有食吃，不用饿肚子。取了名字，到学校报了到，总算了了一桩心事。日子眼见越来越好，可只有一样，薪饭在学校里看别人都有娘，只有他没有，问让鬼走，这是咋回事？让鬼走倒也没扯谎，一五一十都给薪饭说了，听得薪饭泪眼婆娑。让鬼走告诉薪饭，做人就要顶天立地，男子汉更不能随便哭。以后，他就是薪饭的爷，有他就能行。自那，薪饭就从大大改叫让鬼走爷了。

我问薪饭，怎么卖起冥币、冥器来了？以前不是一直跟着存根干拔丝机吗？干拔丝机可挣钱了！薪饭闷着头不说话，只顾一个劲儿抽烟，看他神色不对，我知道这里面有事。

我、薪饭、存根，我们三个人从小玩到大。小时候我们玩得好，不是我们之间多么相互欣赏，而是别人都不跟我们仨玩，我们仨就只能在一起玩了。薪饭就不用说了，跟着让鬼走，别人总说他身后头有鬼。白天见到了还好，晚上见到了，薪饭走路又一瘸一拐的，影影绰绰的，活脱脱一个游荡的魂灵。存根没有父亲，小的时候一直跟着母亲，靠母亲扫公共厕所养活。他的父亲学义因为喝醉酒与另一个喝醉酒的男人争妓女，用砖头把人砸死了，当夜就从卞庄逃走了，不过并没有逃出去多远，就被五花大绑地捉了回来。听卞庄人说，他是从树上被捉下来的。公安追踪到了一片树林，基本可以锁定，但是就是不见人。最后还是警犬立了功，围着一棵树打转，公安打开手电筒，往树顶上照了照，存根他爹正躲在杨树杈上，就捉住他了。不过，抓到了人，要走的时候，警犬还在下面用爪子挠树，公安觉得有点不正常，又用手电筒照了照，树干上，十条鲜艳的血道像是被刻进杨树里的，很深，很血腥。众人才反应过来，警犬是闻着血腥味找到的。再后来，证据确凿，没什么值得争论的，学义就被判了死刑，最后给毙了。卞庄的人在村口拉呱的时候，有上了年纪看着学义长大的老人说，小时候存根他爹爬墙头，从墙头上摔了下来，自那就不能上高地，上了就晕。树啊，墙啊的，他都不敢爬。有人问老人，那学义逃跑的时候，咋能爬上那么高的杨树的？很长时间老人都没有说话，最后有人说要回家做饭不拉呱了的时候，老人才总结了一句，说，他想活吧！

学义被枪毙的时候，存根刚能蹒跚走路，还不会叫大大。上小学的时候，有大孩子堵着存根，说他是杀人犯的儿子，往他头上撒尿。我和薪饭看到了，一人就拿了一根树枝，跑到公共厕所，把树枝插到粪坑里，搅和了搅和，弄得树枝上都是大粪，臭气熏天的，然后我们两个像是有了武器的战士，冲向高年级的学生，这才把他们吓跑。我和薪饭把存根从地上拉了起来，告诉他，以后谁敢欺负他，我和薪饭弄死谁，就这样，存根变成了我们的小弟。存根哭丧的脸，这才有了笑容。自那，我们仨就整天形影不离。那时候可玩的少，在村庄里最热闹的活动就是红事和白事。有红喜事了，村里所有的小孩子都会跟着主家要吃要喝或者蹭吃蹭喝，我们仨势单力薄，没办法与其他人竞争，因此即使村子里有喜事，我们仨也只能敬而远之。但是白事不同，没有人家会让自己的孩子去白事上占便宜，晦气！我们仨则不怕，家里没什么人管我们，也不在意这些。更何况薪饭的爷让鬼走就是专门给死人敲送魂鼓的，有人撵我们，我们就说是跟让师傅来的。

白事有很多环节，出信、吊纸、火化、送葬、圆坟、烧纸人……其他的就没什么可说的了，出殡是最热闹的。出殡时，送葬队伍一般都很长，倒不是主人家哭丧的亲朋好友有多少，主要是看客多。水泥棺要被四个壮劳力抬到庄子的大街上，在棺材前面，又总是会放置一张八仙桌，桌子上摆满了糖果。死者的亲人，跪倒在棺材前面，乌泱泱的，一大溜。此时，除了看人发丧的妇女老爷们儿，最欢乐的就是我们仨了，因为这个时候，我们可以等在棺材前面，等死者的儿子往地上把魂盆摔碎，大老知喊一声，还有谁家的客？这个时候，哭得昏天黑地的子孙也会停止哭泣，他们要等。只是一刹那的安静，大老知看一下周围，再无人上前叩拜。喊一声，"谢客"！死者的子孙跪倒在地，一起痛哭哀号。有眼泪的和着鼻涕摆一脸哭相；流不出眼泪的，也要扯着嗓子在那里干号。他们哭，不是哭死者，是哭给站在道两旁看发丧的左邻右舍看，这叫"哭孝"。这个时候，就需要小男孩儿一拥而上，把八仙桌上的糖果、饼干抢食殆尽。这可不是吃饱了撑的没事干，下庄的人认为，此举可告慰先人：生人兴旺，后继有人，安心上路，早日投胎。

这些给亡者献祭的糖果、饼干最后都成了我、薪饭、存根的。最开始，我们以为要用抢的，后来发现，除了我们仨会去抢食摆在死人面前的供果，其他的孩子都只是跟在父母亲身旁看人哭丧而已，即使有小孩子跃跃欲试，也会被父母给拽回来。为这，我们仨就变得更加有恃无恐了。有时候，大老知喊一嗓子"谢客"，等着我们仨去抢的时候，我们故意不动。其他孩子因为父母在身边看着，也不敢去抢。供果不尽，先人不走。大老知只能干着急，直冲我们仨使眼色，这时候我们仨才不紧不慢地走到八仙供桌前，挨个儿地把糖果、饼干抓到自己的手里，塞进自己的口袋，感觉自己才是丧事的主角，而不是躺在棺材里的人。后来甚至发展到，只要有丧事，来人不仅找让鬼走去敲送魂鼓，还会特别找到我们仨，有时候是我，有时候是存根，不过薪饭是最多的，因为薪饭就跟着让鬼走一起过活嘛。薪饭也在家的话，信使就会顺道一起通知他们爷俩。来人说，没了我们仨，这丧事总缺了点什么。渐渐地，我们仨从小学到初中，人长大了，也知道个好歹了，慢慢地就不去丧事上蹭一口吃的了。庄子里的人一茬又一茬地生了死，死了生，从不缺像我、薪饭、存根这样的孩子，再不济还有傻子勇勇，他也是个男孩。

初中过后，只有我去上了学。薪饭腿脚不灵光，只能在家给人做小工。存根脑子活，不上学就去外面打工了，没多久在城里混出点名堂，回到卞庄。存根是开着桑塔纳回来的。卞庄的人，问存根还走不走，存根说走也不走，不走是要建设家乡，走是追求远大前程，两者并不矛盾，所以是走也不走。

　　存根做起了水泥预制板生意，就是用沙子、水泥、钢筋筑造一些盖房要用到的楼板、洋灰棒，既零售也批发，单价倒是不高，就是走个量。那时候，家家户户孩子都在长大，都有盖房的需求，存根的生意火得不得了。后来有人眼红，也有模有样学着做起了一样的生意。还是存根聪明，预制板的生意不做了，又干起了拔丝机，专门为筑造预制板的小老板供应钢筋。拔丝机没有技术含量，就是把刚生产出来的钢条，用机器压，一根变十根，赚个差价。就是那时候，存根找到了薪饭，让薪饭跟着他一起干。说是一起干，薪饭不过是做一个老实听话的工人。拔丝机生意，虽然没有技术含量，却有一定的危险性。干这个行当，胳膊、手被卷进机器里，被机器吃掉很正常。夏天天热，白天人站在外面，啥也不干都能流一身汗，更何况是高强度劳动。因此，别人晚上睡觉的时候，薪饭他们这些工人都在工作，到了白天太阳出来，气温上来了，活干得差不多了，薪饭他们则开始回家睡觉休息。晚上干活，打盹走神是常有的事情。看着薪饭一只胳膊空荡荡的，我已经猜到了七七八八。

　　凭着头脑，存根家从最穷的变成了最富的，不仅仅是在卞庄，在整个县城名头都响当当。再后来，就是我最后一次回卞庄，办户口迁移的时候，薪饭给人押车不在家，我没能再见上一面。我又打听存根，卞庄的人说，存根成了模范企业家，要见他，还要先打电话预约。再之后的事情，就不知道了。

　　我这次回来是处理老屋拆迁赔偿的问题的。村里联系我，告诉我，老屋虽然已经很破败了，但可以按照现有的面积给予等额面积的房子，不要房子，也可以提供等额的金钱补偿。我心里盘算着，老屋实际上已经不能住人了，这不亏，我还赚了呢！因此就没有再多费口舌，承诺准时回来画押签字。

　　薪饭正要和我说关于存根的事情，我看有人买金山银山，他媳妇一个人招呼不住。我让薪饭先去帮忙，生意要紧。薪饭让我晌午去他家吃饭。我说，你们过得也不容易，我去叔伯哥家里去吃就成。薪饭把抽剩下的烟蒂丢在马路上，用脚踩了两下，说，还当我是兄弟不？做了城里人了，不认我了这是！听薪饭这么说，我便不再推辞，答应他中午去他家喝酒，又告诉他，我先回老屋拾掇拾掇，回来也要有个落脚的地方。薪饭没听我说完，就一路小跑，冲向自己的小摊，在摊子前面，停着一辆豪华轿子，看样子应该也是卞庄人，衣锦还乡，回来祭祖了。

　　卞庄河把卞庄一分为二，河东边是美丽卞庄，河西边是卞庄的林，自留田，现在还有了一幢福寿天宫。沿着河向北走，就是火神庙镇；沿着河向南走，则可以到县城。卞庄人没想到因为就在省道的边上，破落的卞庄竟也成了开发商眼里的香饽饽。时间再往前推二十多年，千禧年修省道的时候，卞庄人可没少使坏，半夜起来，开着小车偷拉碎石料，垫自己家茅厕，美其名曰肥水不流外人田。在他们看来，柏油马路把卞庄的灵气都给镇压了，这一块福地以后怕是要变成一片邪地。有几个挑事的嚷嚷着要去上访，不过后来也没见动静。省道修好了，才有知情人说，闹着要上访的人拿了好处了，拿的可都是真金白银，自然闭嘴了。有人问，他们就不怕省道镇压灵气，子孙后代福薄了？知情人说，人家早就预备好去城里了。卞庄灵气再重，那它撑破天也不过是个庄子，还能跟县城比？以后人家的子孙后代那就是城里人了，还稀得卞庄这点子灵气？人听了，都说是这么个理。

　　我家老屋在河东，薪饭家在河西，走的话要些脚力。把带的东西放在老屋，收拾了收拾，耽搁了一会儿，看着时间差不多快到午饭点了，我抽身绕道又去了村口的批发部，买了一些果子、牛奶之类的吃食，虽然在外吃喝拉撒住已经让我捉襟见肘，但薪饭家里有老人，又大过年的，空着手总归是不合适的。我拎着东西又回到了村口，快到晌午了，是上坟拜祭先人的时候，买冥币的人有点多，薪饭忙得有点不可开交，虽然腿不得劲，还差了一只手，但薪饭给买冥币的人介绍起来头头是道，买金山还是买银山，抑或是买天地银行出的鬼冥币，买多少，怎么烧，日头到哪儿的时候烧，都有个说法。听薪饭讲得熨帖，买的人满意，收钱找钱，整套下来，行云流水，一气呵成。我远远地看着，薪饭虽然不过是个在村口卖冥币冥器的人，但却是自己的老板了。薪饭的妻子虽然是个哑巴，但眼神还挺好使，不知是看见了我，还是看见了我手里的礼品，"吱吱哇哇"地跟薪饭比画了一通，薪饭冲我摆了摆手，我笑了笑。人潮逐渐散去，生意算是忙得差不多了，到了下午买冥币、冥器的人就很少了，薪饭比画着让哑巴妻子收拾没卖完的冥币、冥器，又指了指我，意思我猜得差不离就是，今天家里要待客，早点收摊子！

卞庄已经发生了翻天覆地的变化，但薪饭家还是老样子，一点没变。要说有变化，那就是比以前更老气了。快到薪饭家门口的时候，老远就看到一个老头佝偻着背坐在门口的石墩子上打盹，让鬼走比以前更老了，老得已经不像样子了。到眼跟前儿，怕他年纪大了听不见，我扯着嗓子喊了一声，爷，我树生啊，回来了！让鬼走认出了我，拉着我往院里走，仅存的一只眼还是老样子，像要从眼眶里掉出来似的，看人像是在刀人。薪饭的妻子除了不能说话之外，其他都好，忙里忙外，很快就收拾出一大桌子菜，看着满满当当的菜，还有一瓶洋河大曲，我知道，今天他们才算是过年了。

据薪饭讲，他的妻子过门没多久，要不是不能说话，人家也不会嫁给他。他不光腿瘸，还少了只手，人家不过只有一个不会说话的毛病，说到底还是人家亏了，他知足了，好歹娶上媳妇了。说到少的那只手，我才知道，不是薪饭不小心，是存根不小心，要不是薪饭用手去拽喝醉酒的存根，那卷到机器里，被机器吃掉的就不是手，而是人了。酒醒了，存根死活不承认是自己的错，最后赔给了薪饭两千块钱，说是薪饭自己不小心弄的，两千块钱算是人道主义救济。一只手，两千块钱？存根怎么做得出来！好歹给个两万，再怎么说也是打小一起屙尿的兄弟！薪饭看我义愤填膺，他倒是很平静，说，用一只手看透一个人的心是红的，还是黑的，这就值了！人家在龙飞地买了好几套房子，现在人家是房地产商人了，听说正打算要在市里买房子呢。"龙飞地"我知道，在县城的中心，那是卞庄人觉得世界上最繁华的地方。两千多年前，刘邦就是从那里发迹的。在卞庄，一直以来流传着一句话，"千古龙飞地，一代帝王乡"，住那儿，家里以后是能出帝王将相的！

　　回一遭不容易，我预备着抓紧时间，再去几家老亲走动走动。吃罢饭，我就没有多耽搁。临走的时候，薪饭问我，哑巴生的孩子也会是哑巴吗？我告诉薪饭，这要看是不是遗传。要是后天的，生下来的孩子就不一定是哑巴，要是遗传的，生下来的孩子十有八九也得是哑巴。薪饭问我，啥是遗传啊。我告诉薪饭，简单点说，就是龙生龙凤生凤，老鼠的儿子会打洞。薪饭思考了很久，又抽了一支烟，问，那我生的孩子以后就也得跟我似的，只能卖冥币、冥器了？我笑了，说，那不能够，你这是后天的。薪饭听这，脸上顿时多云转晴。看了看正在院里晒暖的哑巴，对我说，你弟妹叫秋花，人家都叫她花妮。我离开薪饭家回去的路上，碰到了傻子勇勇，一身污泥臭气，手里拎着几条小鲫鱼，不知是从哪儿弄的，笑嘻嘻地看着我。我看着勇勇去往的方向，那里只有薪饭一户人家。

　　我回来的消息不胫而走，存根不知从哪里得的信儿，初七送火神爷的日子，开车从县城到了我家老屋门口。当年那个如过街老鼠一般的男孩现在已经成了开着豪华小轿子的男人，身后还跟着个司机。卞庄的人知道房屋开发是存根整的，但是和他们谈判赔偿事宜的从来都不是存根，他从来没有露过面。一期楼房完工的时候，卞庄的人去看热闹，才见到了存根，他就站在镇长和村支书的中间，拿着一把大剪刀，"吭哧"一下把一块红绸缎剪成了两截，说是剪彩，疼得卞庄的人不得了，他们想的是送给他们缝被套多好，白瞎了一块红布。

存根见到我从院里出来，好像经常见面似的，一点儿也不生疏，二话没说，拉我上车，说要带我去龙飞地的"金碧辉煌"吃饭，"金碧辉煌"是一家会所的名，听说里面什么都能干。县城有头有脸的人都在那儿吃喝玩乐。这次，他这个做兄弟的，要让我开开眼。我自己一个人在家也是在家，去倒是没有问题，就是想着还要不要带着薪饭。我嗫嚅着说了出来，存根一边挽着我的胳膊，一边指示着司机开门说，薪饭我常见，就是你！去了一线城市，多少年了，都没联系，这次就是和兄弟你叙叙旧，另外，这次还会来位大老板，薪饭去了不合适。介绍给你认识，保准你不吃亏。看存根这么说，我也就没再说什么了。

我在县城读书那会儿，经常路过龙飞地，每次从"金碧辉煌"的门口走过，都觉得金灿灿的，晃眼得很。"金碧辉煌"为什么叫金碧辉煌，就是因为它通体金黄，每次路过我都要在门口逗留很久，心里盘算着，从门上、墙上或者哪里，抠下一块来，只要一块，也许便发达了。但最终惮于门口拴着的两条比人还凶狠的大狼狗，而没有付诸行动。后来我才知道，那辉煌的外表不过是一层涂了金色的壁纸，连金箔都不是。时隔多年，我终于进到了里面，还被奉为座上宾，看着里面烟雾缭绕，美女如云，我瞬间有些恍惚。

存根坐在包房软皮沙发的正中间，又叫了几个妙龄女子，像是贾宝玉进大观园。我一打听，这些女的都是不远的，都是下了学跑这儿来打工挣钱的。寒冬腊月的，一个比一个穿得少，有的还穿着丝袜，挺不容易的。到了"金碧辉煌"，存根像是到了自己家，就连经理都屁颠屁颠地跑来送了两盘水果，又点头哈腰地从包房退了出去。我才知道，存根这个企业家不是吹出来的，人家现在是真牛气了。酒过三巡，有的没的说了一大堆，存根才认真地问我。听说我拿了大城市的户口，想让我说叨说叨咋运作，他也想弄个上海或北京的户口。我告诉存根，宁做鸡头，不做凤尾。龙飞地可是一块风水宝地，在这做稳土皇帝，以后，子子孙孙的富贵荣华可就"无穷匮也"了。存根端起一杯酒又要敬我，说，还得是读书人呢，说话中听！

借着酒劲儿，我向存根提出一个请求，不为我自己，为的是薪饭，说的还是房子的事情。虽然来卞庄还没两天，但村子里没有秘密。薪饭要做钉子户的事，有人跟我说了。左不过就是钱的事，我希望存根能抬抬手，不为别的，就为打小的情分。说到这，存根又像是清醒了过来，跟我说起了薪饭的不是。你以为他就是什么老实人了？他肚子里几条蛔虫，我还能不知道？他不就想着，等他那个哑巴媳妇怀上孩子，再生下来，多要一口人的房子嘛。搁这装什么十三。你说，是不是！存根还跟我透露，卞庄的傻子勇勇，已经认让鬼走作爷了，始作俑者就是薪饭。存根以为自己就够鸡贼了，没想到薪饭比他还鸡贼，多一口人就能多分30平方米啊！

傻子勇勇不一定是卞庄人，他是什么时候在卞庄出现的，卞庄人都不记得了。卞庄的人一直好奇，要说卞庄也没那么好啊？他们不明白勇勇为什么对卞庄感情那么深。直到薪饭带着勇勇找公安办户口的时候，卞庄的人才想起来，勇勇在街上流浪，也没见他冻着饿着，小脸吃得圆圆的，要是洗干净，也是个好小伙；这可都是让鬼走打小喂的呀！卞庄的人说，甭看让鬼走不吱声，这心可深着呢，哪次死人给主家帮忙，他不都得折一大兜子大席菜，现在看来，这是家里多一张嘴啊。只不过，最后薪饭也没能给勇勇办下来户口，不过警察怕他到处闹，最后给他开了个证明，证明勇勇算是他们家一口人。

存根说，让鬼走他服，他谢谢让鬼走给他爹来敲送魂鼓。他爹被枪毙，他娘交了子弹钱把骨灰领回家，六亲四邻没一个上门吊唁的，就他和他娘俩人，连个唢呐都请不起，出殡都没人抬棺，最后还是他和他娘用地排车，拉着棺材上了林给埋了的。地排车是拉啥的？存根有点醉了，问我。我说，打小不有个顺口溜嘛，牲口拉地排车，地排车拉牲口。我们一家子都不是人呢！被拉的不是人，拉车的也不是人。存根说到这儿，我心里也不是个味儿。最后只能劝他，那你就看在让鬼走的面子上，别跟薪饭计较了，不就是多给他两个人摊分的房子嘛！存根最后没有说话，默默然，像是答应了我的请求。

存根在里面喝了酒，又唱又跳的，玩得正起劲的时候，包房的门被经理恭恭敬敬推开了。来的是一个中年男人，约莫五十多岁的样子，西装革履的，手腕上戴着一块手表，格调比存根不知道高了多少。我估计，存根的十根金链子，不一定有人家手上的一块表值钱。看到中年男人，存根立马消停了下来，让关了音乐，三步并作两步跑上前去迎接，又是鞠躬，又是打自己的脸，说，勾总，一直等着您呢，吓到您了不是！说完使了个眼色，让周围的小妹都退了下去。又指着我，向勾总介绍说，这是我兄弟，了不得，大学生，现在户口都在上海呢。听存根介绍我，我也就起了身，中年男人向我点了点头，说了句，大学生前途无量。看到中年男人进来的那一刻，我本以为存根是真的把我放在心上，要给我介绍老板认识，后来我才想明白，我不过是一个替他镀金的工具，作用也仅限于他能向别人说的一句，"我兄弟是有上海户口的大学生"，"我"才是主角，"兄弟"不过是"我"的陪衬。

俩人一直聊的都是关于拆房、建房、卖房的事情，勾总说到关键处，不忘压低声音，而存根总能适时地点头以表示记在了心里。最后聊得差不多了，勾总要起身离开的时候，拍着自己的脑瓜提高了音量说，自己开发火神庙这一带不是为了钱，是为了偿还一份情。据他所说，年轻那会儿，他下乡锻炼，认识了一个火神庙镇上的女孩，俩人倒是挺好，就是最后他要回城里，家里又给他介绍了个门当户对的，俩人就此断了，那女孩后来搬走了，杳无音信。这么多年，他一直多方打听，想着有所弥补，听说那女子当年生下过一个男孩，更加坚定了他加以寻找的决心……还要继续往下说，似乎是家里来了电话，勾总便飘然离去。存根对此表现得毫无兴趣，倒是我觉得有点意思，让存根继续跟我说说，存根则不耐烦地告诉我，就是自己生不出儿子来了，又想起被自己抛弃的女人孩子了。这都多少年了，上哪里去给他找，毛病！看存根并不真心替他办事，我大约明白了，俩人在一起也不过是利益驱使。

从"金碧辉煌"回来以后没多久，走完几家老亲，我就又找到了薪饭，想着再劝劝他。他正在修理自家的墙头，说是修理，实际上是在墙头上刷一层厚厚的水泥，然后插上锐利的碎玻璃，在卞庄，此举是防贼的。卞庄的人都说，薪饭学坏了，想趁拆迁讹诈人家存根一笔钱。这句话有一半是错的，开发商另有其人，存根不过是被推到台面上来的一个办事的。虽然我觉得薪饭也不会是这样的人，但薪饭迟迟不签字，我也闹不明白他到底是咋想的，难道真如卞庄的人所说，他是要讹诈一笔钱。我问薪饭，这都要拆迁了，还干吗摆弄。薪饭像是看出了我心里想的，说，咱庄上的人都说俺们家不签字，是想讹钱，但树生我跟你说，不是那么回事。

原来薪饭漫天要价，不是为了钱，而是为了自己的爷让鬼走。让鬼走年纪大了，让他住楼房，天天上下爬楼梯，怕是他不会有几天活头了。薪饭这么说，我也就理解了。但一个庄子，不可能会为了几个人做出让步的。又忽地想到，薪饭的理由也有点牵强，要是上下楼不方便，那要个一楼不就好了？我把意思一说，薪饭看我似是在看一个说客，有点生气。人能住一楼，这喂的鸡鸭鹅羊呢？还有我这一院批发的黄纸白花冥币，我也放一楼？不过啦？我们可没死！薪饭这么说，我彻底明白到底是自己肤浅了。城里和村里不一样，城里的钉子户十有八九是漫天要价，但薪饭这样的人家不愿意拆迁，是给自己留个后路，求个生计啊，这可是多少钱也换不来的。

刚回来的几天，天气不是太好，并没有注意到自留田另一头的福寿天宫。为了缓和气氛，我岔开了话题，问薪饭福寿天宫是村里新建的人工景点，还是啥？薪饭听了哈哈大笑，说我被这个名字给骗了，什么天宫！放骨灰盒的地方！我听了更疑惑了，又问薪饭，人死不都是要入土为安的吗？不葬入土地，放到这么个地方？薪饭一边吃着饭，一边凑到我跟前说，人死了安葬也要跟上时代，死后啊，放到玻璃窗里，说是节约土地、造福子孙的什么计！我说，是千秋大计。薪饭好像不明白，嘟囔了一句，听戏多少回了，三十六计里也没这一计啊！不过薪饭说，他以后要是死了，一定不住福寿天宫。人呢，就应该从哪里来，到哪里去！

说归说，我心里仍然有点不安，担心薪饭他们一家生出什么事来，最后还是劝解薪饭，要就是只你一家了，就让让步，不能弄得太难看。薪饭毫不在意，说，你也不用担心，又不是只有我，有不少家不满意呢，可有的闹呢！薪饭这么说，我也就不再说什么了。

要说还是存根，头脑灵活，手腕高明。卞庄一年一度赛牛的日子快要到了，卞庄人心里都高兴。趁着这股热乎劲，存根又搞起了"送温暖"来笼络人心，以便能够顺利完成二期的拆迁。卞庄每家每户都分到了一桶豆油、20斤大米、20斤白面，60岁以上的每位老人还拿到了一身崭新的羽绒服，少说也得五六百，拿了免费的东西，人人乐得都合不拢嘴，直夸存根是个懂事的好孩子，他们说，就知道存根长大了以后一定有出息，吃得苦中苦方为人上人，现在可不就是了？他们把拆迁的活交给存根放心！可只有一人不服，那就是薪饭。存根当时并没说什么，温暖还是照样送到了薪饭家。就连傻子勇勇也拿到了单独的新棉袄、新裤子、新鞋。勇勇想在大街上脱光换衣服，被存根制止了。存根让勇勇偷偷地把衣服藏起来，跟他说，现在也是个男子汉了，可不兴在大街上光屁股了，新衣服要在最隆重的场合穿。赛牛节快到了，到那时候穿上，保准能相个漂亮的媳妇。听存根这么说，勇勇好像又不傻了，知道漂亮媳妇好，使劲地点了点头。

日子定了，时间就快了。

说是赛牛盛事，实际上不过是十里八村男劳力过年的狂欢。赛牛第一，赌牛第二。其实玩得往往都不大，不过是千儿八百的，再加上确实火神庙这一带有斗牛的风俗，加之现在又因为有了开发商的赞助，奖金丰厚，来参赛看赛的人更多了，还能带动经济，上头也就睁一只眼闭一只眼了。斗场虽然很简陋，但并不妨碍大家的热情，听说来的就能得到一份大礼包，男女老少来了不少。想着街上已经没什么人了，我也很久没有看过赛牛了，就邀着薪饭陪着我一起去看。薪饭本来不愿意，但耐不住我的软磨硬泡，就放了手里的活计，跟着我一起去了斗场。我们去的时候，斗场已经人山人海了。斗场外面，停了一溜好车，其中有一辆，我认得，是存根的。看到存根的车，我心里还泛起了狐疑，存根现在可是无利不起早，他怎么会有兴致跑来看赛牛，但也没多想。人太多了，我和薪饭只能站在最内圈靠近围栏的地方，那里是最危险的地方，所以人少，还有点落脚的空。

在斗场观景台最好的嘉宾席，我看到了存根，还有几个像他一样西装革履的人，其中有一个就是多日前在"金碧辉煌"见过的勾总。他们时不时地还在交头接耳，不知道葫芦里卖的什么药。边上的人小心地说，今年存根邀请了城里的老板们来参赛了，老板们不知从哪里搞来一头长得跟大象似的牛，说是要称王，听说还下了什么赌注。我知道，这话有点夸张，什么牛也不可能跟大象似的。不过等到大家口中那头青牛出场的时候，我还是倒吸了一口凉气，知道今年牛王的确非它莫属了。老青牛一路过关斩将，当之无愧地荣登了牛王宝座，夺得了满堂彩。斗场上清空，只剩下牛王，上面的人正安排颁奖的时候，我望向嘉宾席，看到存根一行人在窃窃私语，还有人用对讲机说话。场下的牛王出奇地安静，让人莫名地不安。恍惚间，我看到勇勇一个趔趄，似是被人推了一把，从斗场大门进到了斗场上。

棉袄、棉裤、棉鞋，勇勇穿了一身通体红色的衣服，拿着不知从哪里来的炮仗，一手拿着一支香，一手拿着炮仗，笑嘻嘻的，一边跑，一边点，一边放。在偌大的斗牛场，那炮仗发出的噼里啪啦的声响，瞬时就被在场观众的呼喊声所淹没。看到场上观众热烈的反响，勇勇停了下来，以为大家在为他欢呼，他挥着手向大家致意，场上出现了骚动，不知从场上哪里发出了一个声音，像是用扩音器抑或是喇叭喊的，"傻子快跑"！

勇勇听到喊声，以为是对自己的嘉奖，再次奔跑了起来，像是要用自己的一点行动为今年的斗牛锦上添花。勇勇在前面跑着，全然没有注意到，在自己的身后，牛王已经追了上来。斗牛已经结束了，却仍未结束，牛王再次发起了冲锋。

后来，卞庄去看斗牛的人都说，那一刻他们都捂上了双眼，生怕红色的血浆会溅入他们的眼睛，让他们也跟着发疯。但还是有部分人看到，一个人影，倏忽从观众席冲出，翻过栏杆，义无反顾拉开勇勇，但不巧的是，牛王的犄角正好从他的身体穿过。卞庄的人无论如何也都不相信自己看到的，一个跛子怎么可能那么麻利？

薪饭救下了勇勇。

接着，场上就是山呼海啸的声音，震耳欲聋。不知道他们是在为牛王助威，还是在为薪饭呐喊。但我的世界失去了声音，满眼都是红色。我看到在场上，已经胜利的牛王，一直盘桓在场上，一圈又一圈，在斗场上画了一个红色的圆圈。在牛王的牛角上，挂着一个残缺的男人，他的一生，先是脚畸为人所弃，后失去了自己的手为人所唾，现在鲜血从他的身体里不断涌出，肠子被扯落，耷拉一地，有的还挂在了牛王的头上。

薪饭死了，没来得及作任何交代。

后来警察也到了，综合种种情况，认定这只是一个意外，再加上青牛的主人表示愿意积极赔付，拿出二十万元来赡养薪饭的遗孀以及家人，卞庄便再无人有异议。甚至有人还说，早知道能有二十万元，自己就冲下去了，自己半辈子也挣不到二十万元呢。对于顶死人的牛王该作何处理，上面犯了难，这不是一般的牛，听说还是进口的，一头要上百万，还要去别的地方参加比赛。牛王的代理人是存根，背后的人是谁，谁也不知道，只知道势力还挺大。但不管怎么说，因为存根积极赔付了，警察便没有对牛作任何处理，牛也被存根暂时养在了自己在卞庄人工景区新起的别院里。

薪饭被七手八脚抬到家里的时候，花妮当场昏死了过去。帮忙的人倒有不少，寿衣也买来了，但鉴于薪饭的惨状，无人敢上前拾掇，最后还是村里的老兽医看在让鬼走的面儿上，把薪饭给收拾板正，穿上了老衣。薪饭死状太惨，卞庄的人说他是一定会化成厉鬼来找人索命的，所以没什么人前来凭吊，只我一人。我不知怎的，从家里一路报丧，想哭哭不出来。过了卞庄河，快到薪饭家的时候，我看到让鬼走拿着一截竹棍，正坐在自家门口，在他的头顶悬着那面送魂鼓，一声不响。我心一紧，两股热流从眼睛里流出，"兄弟啊！"

让鬼走动，送魂鼓鸣。

薪饭身亡的第二天，一大早村上就来了人，存根也在后头跟着，虎视眈眈，催促去火化。我知道他们没怀好意，薪饭不入土，他们心不安。我告诉自己不能慌。我把让鬼走拉到偏屋，跟他说了我的主意。让鬼走点了头，出了屋便对众人说，火化可以，只能树生跟着，谁也不用去，用不着。村上的干部看到有人能送，还不用麻烦他们，倒也爽快，当场答应。

在火葬场，我买了两个骨灰盒。两个都是绿的，但只有其中的一个装的才是薪饭的骨灰。

薪饭出殡的时候，来的人却不少，但他们都只是来看的。他们看过许多场轰轰烈烈的送殡，唯独没有见过这么冷清的出丧。薪饭无父无母、无子无侄，但总要有一个摔魂盆的人，这个责任自然落在了勇勇的身上。后来我想，这对勇勇来说，未尝不是一件好事。他为薪饭摔了魂盆，从此便是有祖的人了。

没有什么客要祭拜，大老知很快便喊："谢客！"唢呐听到大老知的信号，又看到抬棺的四个壮劳力起了身，便吹打了起来。哑巴抱着肚子哭得死去活来，吱吱哇哇，众人也不知道嘴里说的是什么。

"爸爸啊！"勇勇号了一声。魂盆摔在地上，碎了一地。

勇勇抬起头来，脸上除了泪就是鼻涕，长长地挂在他的鼻子上，耷拉着，像是一条瀑布。

卞庄的人后来说，勇勇不傻，知道谁对他好。

让鬼走问我什么时候走，我告诉他，还有一件事没了，了了就走。让鬼走什么也没说，从屋内大梁上取下了他那面送魂鼓，拉着我，把我的手放在了鼓面上。"嘭""嘭""嘭"！我像是听到了心跳。在我把手从鼓面抽走的那一刻，让鬼走拿来了一把剪刀，说他老了，有些事做不动了，说完便将鼓刺破！

牛王把人顶死的消息早就传遍了整个县城，甚至传到了市区，没人敢接手这个"烫手山芋"，所以一直被存根养着。薪饭的事情料理妥后，趁着夜黑，我带了一大包耗子药，翻过墙头，偷偷地来到了存根家里。牛王正在棚子里吃料，似乎还沉浸在荣升为王的喜悦里，以为我也是来巴结给它送食的，并没有做出声响。我小心翼翼地走到牛槽前，一股脑儿地把老鼠药全部倒在了牛槽子里。卖耗子药的告诉我，这里加了东西，这些牲畜越吃越要吃。牛王吃得津津有味，我知道它离死不远了。过了好一会儿，老鼠药似乎才起了作用，但似乎又没多大作用，牛只是痛苦地卧倒在了地上，没有咽气的迹象。我一步一步地走到跟前，牛王这时才把我放在了眼里，好奇地打量着我。但我的手里已经亮起了一柄明晃晃的尖刀！说时迟，那时快，我对准青牛的脖颈处，一刀又一刀地刺着。牛王因为老鼠药的缘故，已经无力反抗，只能发出"哞哞"的叫唤声，直到鲜血流了一地，最后一命呜呼。

我瘫软在地，抚摸着被鲜血染红的牛角，说，薪饭！哥给你报仇了！

听到动静，存根最先从屋子里跑了出来，紧接着一个漂亮的年轻女人也从屋子里跑了出来，我看着面熟，想了好久才想起来，是卞庄的，男人出门打工去了。存根抖了抖披在身上的外套对我说，树生谢谢你！给我解决了个麻烦！我说，我都整明白了，人在做天在看，别人赌钱你们赌命。存根说，他们只是想玩玩，没想死人，更没想到会冲出个人来去救一个傻子！我喘了口气又说，你和你爹一样，都是杀人犯，你和你的上头都会断子绝孙！女的要报警，被存根给制止了。我吃定了他不敢报警。

最后我从地上站起来告诉存根，我的房子不拆了，他就是给我一百万元、一千万元，我也不拆，想修造大商场？那就从我家老屋绕过去！要么就让推土机从我身上轧过去。说完这些，我便离开了存根家里。自那之后，我再也没有见过存根。只不过后来听卞庄来城里的人说，存根混得还是风生水起，就是一直没有自己的孩子。人都说，根烂啦，结不了果了！

惊蛰的时候，那棵轩辕柏破天荒最先爆了绿，在树尖尖上，远远地望去，就像涂在天上的一抹。卞庄的人啧啧称奇，聚在一起，说可真神了，死而复生，重得生机。看到轩辕柏死而复生，卞庄有一些已经上了七八十岁年纪的人，跑到镇子里聚在一起，不知是年轻人教的，还是看新闻学的，也有样学样，拉起了横幅，举起了标语，意思是说，那棵轩辕柏就是卞庄的精气所化，砍树就是要他们的命，反正他们也活不久了，誓要与那棵轩辕柏共存亡！火神庙镇政府的人看这架势，也胆怯了。这些老头老太太可不比年轻人好拿捏，推推搡搡没准都能有人咽过气去，最终无奈，同意公路改道，把那棵轩辕柏保护了起来。

春分，我从卞庄离开。那天阳光正好，在路口等车的时候，我看到浩浩荡荡的队伍从卞庄出发，老人小孩手里都拿着裁好的黄表纸、扎好的白奠花，行进到轩辕柏面前，"扑通扑通"跪了下来。轩辕柏虽然留了下来，但因为要修路，林是留不住了，所有入林的骨灰都将移送福寿天宫，放入玻璃窗，他们这算是最后一次上坟，以后就没有坟了。在轩辕柏旁，一队西装革履的人正在向过往的人散发传单。一对上了年纪的老人身边围了许多人，里三层，外三层。众人七嘴八舌，女的像是要哭了出来，说，你们说的都不是，我们打听到的消息是孩子脚有残疾。人群里有人问，你们是孩子的爹娘？

爷奶！上了年纪的人说。

我从人群中退了出来，看到：轩辕柏下，黄纸白花漫天飞舞；福寿天宫前，青烟白云雾气缭绕。传单裹挟着白花与黄纸共舞，铺天盖地，传单上面没有照片，只有"重金寻子"几个大字赫然在列，昭然若揭。还有几行小字：孩子有名叫行远，父姓勾，母为火神庙人，三十余年前，被遗弃在卞庄大柏树下面，如有提供线索者，重金或现房酬谢。

我登上车的时候，让鬼走正在路口忙活着出摊，勇勇在旁边安静地叠金元宝。

天气已经转暖，没有人再穿厚衣服。当我上了车坐定，透过玻璃窗往外眺望的时候，分明地看到，哑巴手里拎着金山银山，从不远处走来，她的肚子高高隆起，正像是一座即将喷发的火山。

春水流

一

胡得福每次开车送货从青岛去河北，走高速，一泡尿憋小半天，也必须到曹关张服务区休息一晚上。曹关张这个村子，靠近高速，修了服务区后，村子里有眼力见的人就张罗着在服务区做点营生，再不济，挤一挤，在服务区的小超市里做售货员也是可以的。曹关张服务区和全中国的服务区没什么区别，公共厕所、卖盒饭的餐馆、卖纪念品的礼品店，还有就是什么都卖一点儿的中型超市。但曹关张服务区有一点特别，这里还藏着个只有男浴室的澡堂子，而且一年四季都开。春夏开的时候，生意还不错，来往的货车司机、赶长途回家探亲的异乡客，赶路赶得久了，总会有一群苍蝇围着转，自己闻都不是个味儿，他们都会跑来冲个澡，大气一点的嘛，还会再搓个盐、捏个脚，解解乏。洗完澡穿着背心，趿拉着凉拖去超市买个大西瓜，就坐在澡堂子的门口啃西瓜；秋冬的时候，生意就更好了，天寒地冻的，司机赶了一路，进了服务区，二话不说，就一头扎到澡堂子里，一觉到天明，第二天起来再继续赶路。

澡堂子的老板姓关，叫关玉娥，不怎么说话，胡得福每次见她，关玉娥都是坐在吧台里看电视。胡得福不爱看电视，不知道关玉娥看的是什么，但胡得福每次来，都能看到一男一女两个人，在电视里拉拉扯扯、你侬我侬。有时候，关玉娥坐在里面看，胡得福就站在吧台外面看，两人也不说话，就一起这么看，看电视上的人谈恋爱，一看看一夜。胡得福站累了就靠在吧台旁边的一个竹沙发上眯一会儿，半夜有客人来，窸窣出了动静，胡得福醒了，就坐在沙发上看关玉娥收钱找零，递锁收押金。忙完这些，关玉娥就又坐下来看电视。这时候，胡得福就站起来走走，看看外面的天。复胧明儿的时候，他就要继续赶路了。

胡得福认识关玉娥，是在1997年的大年三十。1997年，胡得福三十岁，关玉娥三十岁。那一年，胡得福知道自己的老婆怀孕了，就没日没夜地开大车给人拉货，想方设法地超载，就盼着多挣一些钱，把家里的老屋子拾掇一遍，一家三口能有个像样的窝。快过年的时候，胡得福帮人送外贸的单子，货是一些市面上还没有的进口货，都是花花绿绿的衣服，胡得福瞄中了一箱牛仔裙，就偷偷地留了一件。因为不是压重的货，胡得福提前一周把货给送到了，没让人给家里捎口信，准备回去给老婆一个惊喜。回到村子里的时候，刚是夜傍黑，胡得福把车停在了村里的打麦场上，手里紧紧攥着从箱子里"留"出来的那件牛仔裙，从车头跳下来，就一路小跑地往家赶，这次出去有三个多月了，他想自己的老婆了，太想了。

胡得福跑到家门口的时候，发现门是关着的。门是木门，里面的门闩是插着的，屋子里有灯光，说明有人在。胡得福没有吱声，把门闩拨弄掉，悄悄地推开就进了家门。堂屋也是关着的。胡得福开车开得久了，不管是视力还是听力，总是比别人更灵敏，在院里还没有走到堂屋，他就听出来自家屋子里，有一男一女在说话，还有嘤嘤的笑声。胡得福知道自己不在的时候家里发生了啥。胡得福觉得自己浑身的力气像是一下子被抽空了，突然累得不能行，他歪着身子倚靠在自家的机井上，一根一根地抽烟，把自己肚子里想要大声嘶吼出来的一句一句的话给压了下去。烟抽完了的时候，胡得福把手里的牛仔裙叠得整整齐齐的，放在了机井旁，他最后走的时候也没有发出一点儿声响，上了自己的车，钥匙插进点火开关，一脚油门就又开上了高速。

胡得福在高速上转悠了两天，就一直往前开，他也不知道自己要去哪儿，只觉得高速公路才是自己的家。胡得福本来已经有一个多月没有洗澡了，又连着两天没有刷牙洗脸，浑身散发着臭味。晚上到了曹关张的时候，累得实在不能行了，胡得福就进了服务区。这是他第一次到曹关张服务区休息，他一眼就看到了粉刷在雪白墙面上的"澡堂"两个字。字是用红色的油漆漆的，一层漆在一层上，到底有些斑驳，诉说着这澡堂子已经是个老人了，饱经风霜。

关于曹关张服务区，胡得福早就有所耳闻。很多车友都说，这个服务区水深得很，油耗子那都是小事情。这里还有一家专门为男性服务的浴室，一年四季都开，可奇了怪了，老板是个女的。胡得福听车友这么说的时候，再看车友充满意味的眼神，觉得庙小妖风大，这老板不会是什么好人。所以，很多次，胡得福觉得自己都快要憋不住的时候，还是会再憋一憋，赶到下一个服务区，他不想让这样不检点的人挣了自己的钱。

不过，现在，胡得福觉得无所谓了。

把车停好，胡得福从车子驾驶楼出来，顿感一股清冷的风向自己迎面吹来，吹得自己心里直发凉。当然，胡得福也看到很多本来要与自己擦肩而过的人，像是遭受了什么刺激，捏着鼻子远远地从自己的身边躲了开来。胡得福没有理他们，而是大步走向了澡堂，雄赳赳、气昂昂，不知道的人还以为他将要走向只属于男人的战场。

胡得福径直走到澡堂的吧台旁边，把手往桌子上一拍，说，这里都有什么项目？关玉娥正在看电视，头也不回地就回答道，洗澡2元一次，不限时。说完，关玉娥轻轻地用手捂了一下自己的鼻子。我是问你有什么项目！胡得福这次加大了音量。电视开始插播广告了，关玉娥回头了，回答和上次还是一样，只有洗澡这一个项目，2元一次，不限时！有贵重物品要锁，押金3元。不过，关玉娥打量着蓬头垢面的胡得福，还是轻声细语地又说了一句，你身上有味了，洗洗吧，也解解乏。因为这句话，胡得福软了下来，乖乖地掏了钱领了锁，走进了浴室，一句话也没说。

浴室里人不多，但也不少。有几个年纪长一些的大腹便便的人正坐在一起一边抽烟、一边拉呱。聊的无非就是女人和黄段子。说者无心，听者有意，胡得福就坐在水池子的不远处，一边搓自己身上的泥，一边仔细耐心地听着。不过，说着说着，那几个人就说到了澡堂的老板身上。关玉娥就是曹关张本地人，无父无母，从小是跟着鳏夫大伯长大的，初中没读下来就出去打工了，认识了个对象，两人处得挺好。关玉娥还把小伙子带回家来了。关玉娥的大伯也挺满意，觉得像他们这样的家，能找到一个靠谱的小伙子就不错了，关键是小伙子愿意到他们关家来，那就是变相地答应可以入赘了。说来还巧了，前些年那时候正赶上修高速，更巧的是，高速公路就从关玉娥她们家经过，村里人个个都眼馋得很。关玉娥她大伯眼巴巴地望着，希望赔偿能早日下来，好给两个孩子成亲用，老屋被征用了，他们总需要钱用到别处，或修或买个新房子。但说好的赔偿，最后给到手里的寥寥无几，甭说买房，就是自建个房那也不够修几堵墙的。

有人问，那老关家能同意？一个人说，村里才不管你同不同意呢，他们欺负的就是他们老关家没个带把的！可是村里千算万算算漏了一个人啊！谁说女婿不如儿了！你们猜最后怎么着？关玉娥的对象，大家只知道叫小张的那孩子，在村主任儿子结婚的当晚，悄摸地跑到了村主任的院里……把他们都给杀了？哪儿能啊，那要是把他们杀了，那不成杀人犯了！关玉娥的对象把自个儿吊死在了村主任家的大门底下！头上就是家和万事兴啊！那么年轻的孩子，咋就那么有志气呢？谁说不是！所以大家伙都说，这个小张是个大英雄。不是一家人，不进一家门，这都得快十年了吧，这不关玉娥还是一个人，这姑娘心死了！小张这孩子是用自己的命给老关家争了一口气啊！因为发生了命案，上面都来查了，村主任怕自己做的克扣赔偿款的事情抖搂了出来，是又赔钱，又给地，还找了关系开了口子，给关家在服务区预留了门面。但谁也没想到关玉娥最后在服务区开了个澡堂子。搁全中国，曹关张可能是唯一一个服务区还带澡堂子的了，还是只开男浴室的澡堂子。

胡得福正仔细地听着，看到拉呱的几个人又靠近了一些，小声地说着什么，胡得福也挪了挪屁股，想听得更清楚一些。

一个年轻点的人问，你们觉不觉得关玉娥像一个人？其他人问，像谁？

像菩萨！

听到菩萨这两个字，胡得福心里又"咚"地跳了一下。胡得福进来之前，关玉娥转头的时候，胡得福看到关玉娥的模样，心里就"咚"地跳了一下。关玉娥长得是不赖，但还没到闭月羞花的地步，胡得福也是见过好看的女人的。胡得福心里"咚"地跳了一下，是觉得关玉娥很熟悉，像是在哪里见过，但是他又肯定自己并没有和关玉娥见过。现在他听到"菩萨"两个字，突然醒悟过来，自己为什么会觉得关玉娥熟悉了。

有一年，胡得福的货车拉了一尊菩萨像，要送到山里的一座尼姑庵。晚上进了山，胡得福就迷路了，山里湿气重，越往上走，水雾越大，能见度很低。大货车司机经常深更半夜还在开车，什么路都得走，有时候会碰到许多稀奇古怪、说不清道不明的事儿，他自己没有遇到过，但许多车友都跟他说过，说得有鼻子有眼，胡得福不得不信。尤其是去山里，什么山精怪灵，更要小心注意了。所以，行到半山腰的时候，胡得福不敢再继续往前走了，就停在了路边，想着能有来往识路的司机带自己一程，两个人一起走也能做个伴。哪承想，别说车和人，就是只鸟儿也没见着，大哥大也没信号，他只能干着急，山里不知道怎么又刮起了阴风，风声似乎裹挟了野兽的叫声，鬼哭狼嚎一般。胡得福本打算就躲在车里头不出来，偏又在这个时候，菩萨像外面蒙的一块帆布被风刮掉了，胡得福怕菩萨像有什么闪失，赶忙又从车头跳下来，去追被刮跑的帆布，想着重新给菩萨像披上，以防菩萨像沾染了浊气。往常无论运什么货物，都是由装卸工人来办。往车上装菩萨像的时候，胡得福正在车头里呼呼大睡，所以他并没有见到菩萨像的样子。胡得福拿着帆布跑到菩萨像下面的时候，看到菩萨像，人就愣住了，觉得雕刻得可真好，眼睛像是能俯瞰世间。胡得福看菩萨的时候，他觉得菩萨也像是在看着他。说来也怪，胡得福爬上车厢，跑到菩萨像跟前，风突然就停了，水雾也开始慢慢散去。胡得福盘算着自己送的是菩萨像，什么邪祟也不用怕，就想继续赶路，谁知刚上车，又刮起了风，本要散去的水雾又开始聚集在一起。这下胡得福真的不敢走了，没办法，胡得福又回到了菩萨像跟前，坐了下来，就看着，看了一夜。

到了第二天，太阳出来了，是个风和日丽的日子，路上零星地也有了赶路的车子，胡得福一脚油门就上了路。没开多久，到了一处山腰拐弯的地方，胡得福看到有施工队正在收拾路上的碎石和渣土，清扫地面。胡得福问施工师傅发生了什么事，施工师傅告诉胡得福，昨晚这里有山体滑坡，幸亏没有人受伤，这要是晚上从这里路过，视野受限，一定出事。胡得福听了心有余悸，伸出头往拐弯处下面的万丈深渊眺望去，一眼望不到底，明明是白天，但悬崖下面却黑咕隆咚的。胡得福身上直冒冷汗，再去看那尊菩萨像，菩萨像依然巍峨地站立在车厢内，岿然不动。

到了地方，胡得福才知道，这是一座正在修建的庵堂，倒也不大，跟老家一幢大一点的院子差不多。菩萨要供奉在正殿内。出来迎胡得福的是三位尼姑。年纪都不是很大，最大的一个，看样子也不过四十多岁，剃着光头，但也掩盖不了女子脸上的秀气。胡得福心里嘀咕，什么样的女子年纪轻轻就入了佛门呢？模样最年轻的那一位是冼尘法师，年纪最大的是归尘法师，还有一位是镜尘法师，在胡得福刚到的时候，就跑到了菩萨像面前，一直双手合十，嘴里振振有词地诵读着经文。胡得福听不懂，只听懂了一句"南无阿弥陀佛"。

归尘法师是庵堂的住持，招呼着已经等了很久的工人，上前卸下菩萨像，并且让冼尘法师把预备好的运输费用交给胡得福。胡得福看到小尼姑手里攥的大团结，两眼发光，伸手就想接过来，这时候，有工人大喝一声："一二三，菩萨请起！"胡得福一个激灵，想到了菩萨，要不是菩萨，恐怕他现在也不能站在这里了。胡得福婉拒了冼尘，跟归尘说，能把菩萨顺利送到，也是他修来的福气，换作旁人，还不一定有机会，钱他是万万不会收的。冼尘还要给他，归尘说，那便罢了。让冼尘把钱收了起来。只对胡得福说，施主宅心仁厚，以后还有福报。临走，归尘前前后后仔仔细细打量了胡得福一番，最后又赠了他一句话，便是"在家也是出家，出家也是在家"。

胡得福离开的时候，菩萨像已经安置得差不多了，矗立在还未封顶的大殿之内，头顶便是蓝天白云、晴空万里。胡得福上了车，车子越开越快，透过后视镜，胡得福这才看到，庵堂匾额上写着"辨空庵"三个大字，庵门的一侧墙面上镌刻着"一花一世界，一叶一菩提"；另一侧墙面则刻着"菩提本无树，明镜亦非台。本来无一物，何处惹尘埃"。胡得福不懂啥意思，只觉得深奥。

此后，胡得福跑车，有几次差一点撞到别人，也差一点被别人撞，但最后都有惊无险地躲过去了，胡得福总会想到法相庄严的菩萨。

澡堂子里拉呱的几个人，话说得差不多了，有的走了，有的就去一边躺着了。胡得福听完了，听得真真的，觉得自己刚开始进来的时候，真是个混蛋，手一用劲儿，就在自己的心口窝那里搓出了一道长长的红印，像是被烙上去的。

洗完澡，人就不一样了，清爽不少。胡得福看着镜子里的自己，额头上已经有抬头纹了。胡得福心想，自己才三十岁啊，怎么就有抬头纹了，人可真不经时间。

到吧台还锁退押金，关玉娥还在看电视，胡得福觉着像是电影，是外国片，屏幕上面还印着名字《天长地久》。胡得福说，退押金。关玉娥没有说话，但听到了，顺手从一个小小的塑料筐子里拿了三枚硬币，放到了吧台上。胡得福还想说点什么，但又不知道该说什么，澡堂后面又有人洗好要退押金了，胡得福只得往外走，走到门口的时候，胡得福转头看关玉娥，关玉娥的眼睛一直盯着屏幕，没有任何波动，只是盯着电视的屏幕。不知道是她在看电视，还是电视在看她。

你吃饭了吗？胡得福将要出去的时候，听到关玉娥对着自己说？什么？胡得福问。今天是大年三十啊！关玉娥说。胡得福这才想起来，路上几乎没什么车，他还以为自己走对了道不堵，现在才明白是过年了，路上的人早都到了家。没人提醒他，他是连过年都忘了。想到这儿，胡得福本来要踏出去的一只脚又收了回来，说，还没。关玉娥说，锅里还有一盘饺子，你把它吃了吧。关玉娥说完冲着胡得福示意了一下，胡得福这才注意到，就在门口，有一个煤气灶，单灶台，上面架着一口小锅，还在氤氲地冒着蒸汽。胡得福把锅盖掀开，里面冒出一盘白花花的饺子，有二十多个。这时候胡得福听到自己的肚子咕咕叫了起来，他顾不上烫手，就把盘子端了出来，盘子很烫，他心里也很慌张，最后把饺子放在了吧台上。关玉娥没说话，从吧台里面拿出一双一次性筷子，"叭"一下放在了桌子上，就又看电视了。胡得福站在吧台外面，一边吃饺子，一边也跟着关玉娥看起了电视。一会儿工夫，胡得福就把盘子里的饺子吃光了，胡得福要给钱，关玉娥不要，说，都不容易。胡得福便不再推辞，只说以后，他会跟自己的车友介绍这个地方，路过的话，都来捧捧场。关玉娥说，顺其自然，不必强求。

我爱你——！电视的音效并没有调大，但电视里的人好像真的活了过来，在故意大声说话，像是说给关玉娥听的，又像是说给胡得福听的。

我爱你。胡得福在嘴里喃喃地说了这句话，看着关玉娥，向她说了谢谢，又说以后他还会过来照顾生意的，说完没等关玉娥回话，胡得福便重新跑到了车上，钥匙插进点火开关，一脚油门，驶向了回家的方向。

二

　　胡得福原以为离婚会很复杂，但是他没想到那么简单。他和妻子是相亲认识的，那时候妻子看他长得方方正正，又有开大货车的本事，就答应处一处。俩人逛了几次街，胡得福给妻子买了几次衣服，就领了结婚证，置办了酒席成了亲。胡得福原以为只要自己老实肯干能吃苦，就能像自己的老辈人一样，把日子过好了。但是他没想到结婚那么不值钱，离婚也那么不值钱，一张结婚证几块钱，一张离婚证也几块钱。几块钱，就能把两个原本陌生的人绑在一起，也能让一直睡在一张床上的两个人从此分道扬镳，以后的日子里再无瓜葛。

　　和妻子离婚前，胡得福只问了妻子一句话，孩子是我的吗？妻子回答他，孩子是你的。听妻子这么说，胡得福在以后的日子里，便每个月定时把钱汇到妻子的银行卡里，挣得多的时候会多汇，挣得少的时候，胡得福也不会比上月给得少。父母住在他们自己的院里，妻子带着孩子从家里搬到了别人家里，家里就只剩下胡得福一个人了。就连自己从小喂大的一条狼狗，也被胡得福给了别人。胡得福知道有人吃狗肉，生怕自己喂的狼狗被人拿去宰杀了卖肉，特地开着车，开了40多公里，送到了一个种植水果的老板那里，给人看园子。临走前，胡得福跟人说，好好待他的狗，要是不想要了，要是自己的狗老了不中用了，他们千万别吃了它，到时候他可以再来，给钱也行，他自己的狗，他自己可以再带走，他给狗养老！

离婚以后，胡得福除了逢年过节回家看看父母，剩下的日子，要么就是在高速上，要么就是在高速下的服务区，胡得福回家的时候，家里人也给他介绍过几个对象，女人都挺老实。有离婚的，有丧偶的，也有的是身体有缺陷一直没结婚的，但胡得福总是不满意，三年五年以为很长，但是日子似乎眨眼就过完了，眼看着年纪越来越大，身边的好女人越来越少，再看看胡得福油盐不进的样子，最后家里人也没办法再继续给胡得福介绍下去了。

胡得福跑运输接活，不管挣不挣钱，总会先选青岛河北线，跑青岛河北线，他一定会在曹关张服务区休息，进了曹关张服务区，胡得福就一头扎进澡堂子里不出来，后来，慢慢地也像其他人一样，在澡堂子里一觉到天明。不过和其他着急赶路的司机不同的是，胡得福并不着急赶路，甚至不想赶路。胡得福在其他地方总会争分夺秒，省下来时间，就是为了在曹关张多待些时候。

后来，熟络了，关玉娥做好饭在吃的话，胡得福赶上了，关玉娥问一句，要不要吃点饭，胡得福也不说吃，也不说不吃，扭头就跑到外面的超市，买一大包吃的、用的，放到吧台那里，关玉娥也不拒绝，也不接受。两个人也不说话，一个站在吧台外面，一个坐在吧台里面，就对着一盘菜，你夹一点儿，我夹一点儿，一吃吃好久。

每次到澡堂子洗澡，胡得福总要在吧台也跟着关玉娥看一会儿电视，或者坐在沙发上看着关玉娥看电视。站在吧台和关玉娥离得很近的时候，胡得福不抽烟，他坐在沙发上，离关玉娥远一些的时候，会抽烟。沙发正上方发黄的墙面上，贴着一张打印的"禁止吸烟"标志，胡得福看到了，但他觉得都是装装样子的，从来没有在意过。有一次他想自己的孩子了，抽烟抽得很凶，澡堂的大堂被胡得福整得烟雾缭绕，关玉娥就瞪了胡得福一眼，胡得福看着关玉娥的眼睛，就赶忙把烟给掐灭了。关玉娥看的是一台黑白电视机，装了闭路电视，从20世纪90年代一直看到了千禧年之后，已经看了十多年了。电视机屏幕四周的漆都已经开始脱落了。胡得福看在眼里，走之前跟关玉娥说，我下次碰着合适的给你带一台彩色的，现在都兴彩色的。黑白电视机容易有雪花，人也看不大清楚，脸很模糊。胡得福站在吧台跟关玉娥说的时候，电视机里的一个老头子拿了一朵花，看样子正像是在给自己的老婆上坟。花本来是五颜六色、多姿多彩的，但到了黑白电视机里头，就只有两种颜色了，不是白的就是黑的，人也是，生活也是。

胡得福看不出是什么花。就问关玉娥，他拿的是啥花？

关玉娥说，是玫瑰。胡得福嘀咕说，上坟不都是上菊花吗，怎么上玫瑰？关玉娥没有回答胡得福的问题，而是问他，你看过《霍乱时期的爱情》吗？胡得福脑子一片空白，歪着头想了半天，什么也没有想到。他没看过《霍乱时期的爱情》，他不光没看过，他听都没听过，这还是他头一次听人说。胡得福最后老实坦白，自己没看过，也没听过。听胡得福这么说，关玉娥也没说什么，又继续看电视了。每次临走的时候，胡得福就对关玉娥说一句，我走了。关玉娥也点点头。这次，胡得福想跟关玉娥说，自己要跑到更远的南方，去广东帮主顾拉货、送货，来回少则三五个月，多则七八个月……不过走到门口的时候，胡得福心里还在想着《霍乱时期的爱情》，胡得福想说的话终于没有说出口，看了看正在看电视的关玉娥，出去的时候把门轻轻地带了过去，上了车，去广东了。

为了方便联系主顾，胡得福省吃俭用花了很多钱买了一部摩托罗拉手机。上了高速，胡得福一边开车，就一边打电话询问自己的主顾，他觉得主顾走南闯北，是大老板，应该知道《霍乱时期的爱情》。主顾是个北方人，姓薛，改革开放后跑到了南方做生意，做二道贩子，赚得盆满钵满。薛老板，你好啊，你好啊，我是老胡啊，我现在已经在路上了。那就好，那就好，老胡办事，我放心的。不过你要注意一下，我听说广东那边好像有什么病毒，但具体我也不知道怎么回事，反正万事小心咯。懂的，懂的。胡得福跑车很多年，什么都见过，薛老板口中的病毒并没有引起他的注意，他现在只关心《霍乱时期的爱情》。胡得福问，薛老板，你知道《霍乱时期的爱情》吗？电话那头愣了一会儿。薛老板说，我知道霍乱，也知道时期，爱情也很懂，但就是没听说过《霍乱时期的爱情》！你小子有相好的啦？薛老板笑嘻嘻地反问道。胡得福没有听到自己满意的回答，就说，不聊啦，开车。但脸上还是喜滋滋的。

到了广东，胡得福才发觉有点不对劲，这里的街上莫名地多了很多穿着防护服的人，裹得跟木乃伊似的，想到薛老板说的话，他觉得可能有事情要发生。从高速下来，进了交易市场，到指定的地方，送货的人也不在，胡得福跟主顾薛老板打电话，才知道，送货的人感染了病毒已经进了医院，这趟货是拉不成了。薛老板让胡得福赶紧开车往回跑，再不跑就没命了，运费一分也不会少他的。听主顾这么说，胡得福就准备立即离开，但等他要走的时候，已经晚了。

2002 年，"非典"病毒暴发，一时间风声鹤唳。有很多来广东开小车拉货的人都跑了，但是胡得福开的大货车太显眼了，又是外地的，一下子就被控制了起来。胡得福觉得自己也没犯什么事，所以并不害怕。控制他的人，就穿着医生样的衣服，是个刚毕业没多久的大学生，在疾控中心工作，说话很轻，态度很好，只跟胡得福说，暴发病毒了，胡得福是外地的，为了防止病毒外泄，胡得福不能走。胡得福这些年别的没学到，就学会了凶，出门在外，人善被人欺，所以在外面他总是板着脸，不为别的，就为了人在江湖不被欺负。

他本想冲着对方大吼大叫，吓退对方，让对方认尿，自己找个机会就溜了。但对方是个女孩子，一开口，胡得福就觉得有点像关玉娥。没等让对方认尿，胡得福先尿了。胡得福问，那要去哪儿？

　　胡得福把自己的货车停好，就被安排上了客车，车上还有很多人，都是和他一样没有溜掉的。最后被带到了隔离的地方，是个很久没用的干休所，条件很差。厕所是公共的，还是蹲坑式的，连个遮挡都没有。睡的地方就是大通铺，一个屋子里住十来个人。刚到地方，很多人就都不乐意了，纷纷嚷着要回家，谁不让回家就对付谁。被安排来负责隔离的都是疾控中心招收的刚毕业没多久的大学生，哪里见过这架势，好几个小姑娘都被吓哭了。最后，还是赶来的领导把局面给稳住了，让工作人员把众人的诉求登记下来，尽量解决。被隔离的人以外地的居多，且都是男的，绝大多数都是来广东淘金的，上得了台面的，那要算卖家具的、回收二手车的、办旅行团的、倒腾高仿货的，甭管是黑道的还是白道的，人家都是老板……胡得福虽然不是老板，但好歹是个司机，别人也叫一声师傅，这一群人里面，最不被人拿正眼瞧的就是搞装潢、修下水道的苦力、建房子的。负责登记的是把胡得福带来隔离的那个姑娘，大家都叫她小林或者林医生，胡得福只能看到她的一双眼睛，即使隔着厚厚的衣服，胡得福也看得出来，林医生登记得很认真。问到卖家具的，卖家具的希望隔离的地方，能睡席梦思，再布置一些桌子，他最爱打牌；问到回收二手车的，回收二手车的想要厕所能有隔挡，光着屁股和陌生人蹲在一起，可受不了；问做装潢、修下水道的，他们异口同声，想吃饭的时候能有烟酒，他们自己掏钱买也行，离了烟酒，他们实在是不知道该怎么消磨时间。林医生知道他们的很多诉求虽然不高，有的也算合乎情理，但现在这个时候、在这个地方都是天方夜谭，为了安抚这些讨生活的人，她最后还是认认真真地登记了下来。

到胡得福的时候，林医生说，师傅，你有什么诉求。胡得福支支吾吾了半天，低着头不好意思说。林医生以为胡得福会提出什么过分的要求，定了定神，还是耐心地对胡得福说，师傅，你放心，你先把诉求说出来，只要我们能办到的，一定尽量满足。胡得福最后鼓足勇气问，林大夫，你知道《霍乱时期的爱情》吗？林医生以为自己听错了，她不明白一个跑货运的中年男人，怎么会冒出这么奇怪的问题，甚至这个问题让林医生的震惊程度，比那个提出想要一张席梦思的人更让她震惊。不过林医生还是耐心地回答胡得福，我知道。胡得福听到林医生说知道，眼睛顿时亮了起来，喜上眉梢，又说，咋回事？你能给我讲讲吗？林医生说，《霍乱时期的爱情》是一本书，是马尔克斯写的。故事写了一对恋人，一辈子相爱，却没有在一起。听林医生说有人爱了一辈子，却没有在一起，胡得福的精气神顿时就蔫儿了。怎么没在一起呢？胡得福喃喃自语。林医生看胡得福的样子，还是提醒他，有什么实际的诉求吗？胡得福这才回过神来，认真地对林医生说，他想要一本《霍乱时期的爱情》，他自己出钱买也可以。林医生攥在手里的笔不知道该怎么登记，如果给领导看了，领导一定说简直是胡闹，比席梦思还要离谱，肯定是瞎捣乱。林医生似乎想到了什么，对胡得福说，师傅，我自己就有一本，我把我的给您看吧。胡得福说，那怎么好意思，他愿意出钱买。林医生说，没事，那也是别人送给她的，如果胡得福喜欢，她可以送给胡师傅。胡得福不知道该说什么好了，挠着头，只说，林医生要是有啥活我能做的，就让我来做。林医生笑了笑，又继续去登记下一个人了。

除了要席梦思的，最后所有人提出的合理诉求都得到了解决。隔离的地方最开始只有和胡得福他们来的几个人，后来，每天都有新的人一车一车地往干休所里拉。很快干休所就住满了人。看到这么多人来，胡得福他们并不觉得热闹，只觉得恐怖，外面的世界会不会也像他们在干休所一样，乱糟糟的？谁也说不准，好几次，胡得福想抓住林医生好好地问一下，但林医生早就已经忙得什么也顾不上了。只有那个倒腾高仿货的，大家都叫他廖老板，手里拿着个最新款的三星彩屏手机，整天在宿舍来回走，走得胡得福眼晕。廖老板是个话痨，没有什么事是他不知道的，每天他都在隔离宿舍给大家汇报最新消息，好几次他的信息有误，把大家伙都吓了一跳。有一天，大早上醒来，廖老板就说，外面很严重，死的不计其数。听廖老板这么说，胡得福"噌"地一下就从床上坐了起来。掏出自己的手机，就准备给关玉娥打电话，但是他把通讯录来回翻看了好几遍，才发觉，自己并没有关玉娥的联系方式。胡得福就更坐不住了，只要有医务人员过来给他们检查，他就抓住人家不放，嘴里一直询问一个问题，什么时候可以出去。医务人员各个裹得都很严实，根本分不出来哪个是林医生，哪个不是林医生。医务人员也不知道什么时候能结束，只告诉胡得福再等等。胡得福一点儿也没办法，只能在心里祈祷关玉娥能平平安安。胡得福又和家里联系，知道家里一切无恙，孩子也没什么事，一切正常，这才稍稍放下心来。

　　隔离宿舍嘈杂得很，廖老板每天都攒牌局，玩的都是赢钱的。医务人员开始的时候还想制止赌博，但是发现自从有牌玩，屋子里的人也不要这要那了，也不闹事了，最后索性就不管了。刚开始的时候，看是玩钱的，搞装潢的、修下水道的民工就躲得远远的，生怕自己的钱会被人赢走一般。但后来实在是闲得慌，熬不住了，又看众人玩得也不大，最终也加入了进来。只有胡得福一人，一直偎在窗户边上，趴在桌子上看林医生给他的《霍乱时期的爱情》，好几次，廖老板拉胡得福也加入牌局，凑个热闹，都被胡得福拒绝了。廖老板翻看着胡得福手里的书，看到"爱情"两个字，愣了一会儿，跟胡得福说："爱情就是狗屎！"胡得福没有回话，只是冲着廖老板笑了一下，就是这一笑，让廖老板没有重回牌桌，而是坐到了胡得福的对面，问胡得福，这书讲啥的？胡得福告诉廖老板，讲了一个人爱了一个人一辈子，但是一辈子他们也没有在一起。听完，廖老板从自己的手提包里掏出一盒烟，递给胡得福一根，点上火，两个人就坐在窗户的两边，望着窗外的碧云蓝天，抽了起来。廖老板说，以前他也有过爱情，他打工的时候，认识了一个打工妹，他给她买宵夜、买高跟鞋、还买随身听；打工妹给他买腰带、买皮鞋、买烟抽。两个人好得不得了。廖老板说，那是他的爱情，也是唯一的一次爱情。胡得福说，那最后咋没走到一起？廖老板说，后来，又有别的靓仔追，我追不过人家，她就跟人家跑了。廖老板说完，把手里的烟蒂扔到了地上，用脚踩灭。胡得福听了，没说什么，也把烟灭掉了，重新又把书捧到了手里。廖老板又问胡得福，老福，你呢？胡得福说，是我对不起我老婆，没能给她一个完整的家，现在我们已经分开了。廖老板愣了一下，没有答话，又问，有些人随随便便的，怎么就不能认认真真谈情！胡得福说，心灵的爱情在腰部以上，肉体的爱情在腰部以下。走肾容易，走心难！廖老板说，呦呵，挺哲学！胡得福说，前半句书里说的，后半句我说的。廖老板笑了笑，起身正要走回牌桌的时候，停住了，转过头又对胡得福说，爱是爱，情是情。有的人，有爱没有情；有的人，有情没有爱。爱也容易，情也容易，可就是爱情不容易。胡得福说，任何年龄的爱情都是合情合理的，老廖你要加油啊！廖老板狡黠地回头笑了一下，说，老福，你也加油，早日找个相好的。在"日"字上，廖老板故意加重了声音。胡得福听懂了意思，但是没有反应。

每个人都以为这场瘟疫，他们要隔离好久好久，但没想到很快局势被控制住了，逐渐地一些检查没问题的人，在确认了去向之后，也开始逐渐被解除隔离。最兴奋的是廖老板，非要张罗着所有人一起去吃顿饭，他们也算是同甘共苦的舍友了。但因为每个人都迫切地想回到亲人身边，而未能成行，最终几人只是用廖老板的手机拍了一张合影。廖老板和胡得福是最后离开的，在走之前，胡得福让廖老板帮衬着买了一台彩电，不大，王牌的。胡得福没舍得把彩电放到车厢，怕摔坏了，最后放到了车头，和自己一起。

　　胡得福是空车来的广东，走的时候，终于还是拉了一台彩电，也不算放空。还有一束他从花店买的玫瑰。花店的老板告诉他，鲜花已经人工处理过了，可以开很久，不会败。

三

　　因为"非典"，高速公路上几乎见不到什么车，人人自危。在闹得最凶的时候，曹关张服务区的许多店都关了，很多人都想这个时候陪在家人的身边。晚上只有一盏灯亮，就是关玉娥的澡堂子。但因为没人，关玉娥也只开了几个单间。在"非典"来的时候，关玉娥也很少看电视，每天都是搬一张凳子坐在澡堂子门口，倚着墙，盯着高速公路看。夜深了的时候，关玉娥就把门灯打开，沐浴在灰暗的灯光里，继续坐一会儿。过了十二点，还没人来的话，关玉娥才会打开电视，再看一会儿，到了下半夜，实在没人来了，她就关灯回屋休息了。

胡得福到曹关张的时候，是下半夜了。关玉娥澡堂子的灯还亮着，胡得福看到了光亮，悬着的心总算是落地了，他知道，澡堂子还在开着，关玉娥应该无恙。车停好，胡得福抱着彩电下了车，循着灯光，就走了进来。关玉娥正坐在吧台里看电视，信号有点不太好，人不是很清楚，听到有人来，回头望了一眼，没想到是胡得福，又看他抱着一个大盒子，关玉娥站起来，从吧台走了出来，连电视也没关。

六七年来，胡得福来曹关张不下二十次，但还是胡得福第一次见关玉娥从吧台里出来，好像一直以来关玉娥就生在吧台里面，和电视机长一块儿了。吧台外面是别人的世界，吧台里面是关玉娥的世界。关玉娥从吧台里面站起来，胡得福才觉得她比坐着的时候更好看。胡得福看着关玉娥，就想到了法相庄严。关玉娥说，你这是？胡得福这才缓过神来，一边说，一边往吧台里走，说，上次不是说给你换一台彩电吗？这不都是"非典"闹的，到现在才来，我给你装上，你试试彩电咋样。不等关玉娥说话，胡得福三下五除二，就拆了箱子，把原来的黑白电视收了起来，又把彩电替换上，调好了电视台。看着电视上清晰而又五彩斑斓的画面，胡得福长长地舒了一口气，好像完成了一件人生大事。关玉娥问胡得福多少钱，她给。胡得福说这是他送货得的一台，没花钱。关玉娥说，那也不行，还是要给钱。胡得福说，以后他要经常跑这条线，少不了来洗澡休息，关玉娥以后不收他的钱就是了。关玉娥没说行，也没说不行。最后对胡得福说，你身上有味儿了，去洗个澡吧。胡得福这时候，咧着嘴笑了起来，说，哎，就去。胡得福快要进去的时候，关玉娥看着他，突然问，你叫啥呀？我还不知道你叫啥呢。胡得福说，胡得福。有人叫我老胡，也有人叫我老福。老胡、老福念起来都差不多嘛，你看着叫吧。关玉娥说，行，叫老福吧，有个福字，常叫长福。

胡得福在单间洗澡的时候，开着窗户透气，闻到一股久违的饭菜香，勾得他肚子里的馋虫出来了。什么菜，他都闻出来了，是西红柿炒鸡蛋的味道，也是家的味道。从单间出来，关玉娥正在盛饭，是西红柿鸡蛋面，胡得福看到，在西红柿鸡蛋面的上面，还卧着两个鸡蛋。见胡得福出来了，关玉娥说，我估摸着你饥一顿饱一顿，不可能吃好饭，正好我也有点饿了，煮了点面，就对付着吃吧。屋子里香气四溢，胡得福说，这饭闻着就很好吃，可不算对付。说着，胡得福就要接过关玉娥手里的面，想着在吧台吃。彩电还在重播白天的电视剧，关玉娥说，外面捎风，进里屋来吃吧。胡得福这时候突然想到了什么，说，我还落了个东西，我去拿一下。关玉娥说那快一些，面要趁热吃。说罢，便走进了里屋。

胡得福从车上拿的，正是隔离的时候，林医生送给自己的那本《霍乱时期的爱情》，还有就是自己在广东花店买的一束玫瑰。看着娇艳红嫩的玫瑰，胡得福心想，广东人真实诚，这花确实没败。胡得福走进去，关玉娥已经把饭还有碗筷摆放好了。屋子里除了吃饭的一张八仙桌，还有就是一张小床、一个衣柜。胡得福知道，平时没人、不忙的时候，关玉娥应该就是在这里歇了。小床旁边，还有一个供桌，桌子的正上方，挂着两个男人的相片，一个上了年纪，有七八十；一个二十多岁，咧嘴笑，一排牙齿洁白分明。胡得福只看了一眼，便不再敢看，觉得自己看相片里的小伙子的时候，他也在看自己。他知道，上了年纪的八成是关玉娥的大伯，那个年轻的，恐怕就是他洗澡时听别人拉呱，嘴里说的吊死的小张了。

关玉娥正在桌子上摆弄碗筷，回头看到了拿着书和花的胡得福，一时愣住了，手里的筷子掉到了碗上，发出一阵清脆的嗡鸣。胡得福把书递给关玉娥说，这是《霍乱时期的爱情》。关玉娥说，快坐下来吃饭吧。胡得福又说，我都看完了，这是我在花店买的，请让我用一束玫瑰念着你！关玉娥笑了一下，这是胡得福第一次见关玉娥笑。关玉娥说，以后叫我玉娥就行。把书和花接过来，关玉娥放到了床边的桌子上，桌子上放着几本书，一些化妆品，还有一个小镜子。书和花正好被放在镜子前面，镜子里也有了一本书和一束玫瑰。

俩人吃得很慢，也不说话。吃到一半，胡得福问有蒜没有，关玉娥把碗里最后的一小缕面条扒到嘴里说，有。关玉娥给胡得福拿了蒜，胡得福一手拿蒜，一手挑面，面挑得老高，一口吸溜进嘴里。关玉娥在一边点香，香被插在了桌子上的香炉里，一股锯末的味道在屋子里弥漫开来。胡得福闻着味儿，说，这香是用锯末做的，味儿有点不正，下次我拉货，给你留点好的。关玉娥说，不用，香不香的倒在其次，点的是一份心意和念想。我去门口坐会儿，你慢慢吃，吃完了，放桌上我来收就行。胡得福说，我来收，我来收。关玉娥也没再说什么，自己一个人又坐在了门口。

收拾好，胡得福也来了门口。昏暗的灯光下，俩人一个坐着，一个站着，都瞧着眼前的高速公路，很长时间才会有一辆车疾速而过，快得让人觉得时间好像从来没有流动过。胡得福离关玉娥挺远，从口袋里拿出烟来抽。关玉娥说，这玩意还是得少抽。胡得福说他嘴里有大蒜味，抽根烟，压压味儿。烟抽完，胡得福把烟蒂扔在地上，用脚踩灭，问关玉娥，他走了多久了。关玉娥说，快有十年了。胡得福说，人能有几个十年啊？关玉娥说，他只活了两个多十年，最后是为了我，把以后的几个十年都给搭进去了。胡得福说，他是个爷们儿。关玉娥问胡得福，一年到头能见你几次，也没说上过什么话，还不知道你咋回事。胡得福说，嗐，没咋回事，我老婆找了个相好的。关玉娥说，这年头啥人都有。胡得福说，我不怨她，要是我，我也找个相好的，谁家老公一年到头在外不着家，自己还能安生呢！

一辆面包车从高速路下来，停到了服务区，从车上下来两个小青年，头发染的是黄色的，一个脖子上挂着一串大金链子，看样子沉甸甸的；一个脖子上挂着一个玉佛，像是弥勒。见服务区有灯光，他们就下来了。见有人在门口坐着，就摇摇晃晃地走了过来。老远看着，胡得福就知道他们喝酒了，喝得还不少。他们冲着关玉娥问，这里还有没有卖饭的，关玉娥说，太晚了，没了。戴玉佛的人嬉皮笑脸地说，没了也没事，不是还有人吗？你做也行，我们啥都吃。说"啥"的时候，两个小青年相互对视了一眼，另一个也跟着笑了起来，笑得猥琐。胡得福在一旁没吱声，伸手从旁边拿起了一把铁锹，握在手里掂了掂，那是给澡堂子加炭用的。胡得福也不言语，就冲着他们拍过去，不过铁锹拍在了地上，扑了一个空，是胡得福故意拍空的，这要是拍在人脑袋上，立时拍出一个窟窿。两个青年见情况不对，撒腿就跑，上了车一溜烟就没影了。胡得福见人走了，就把铁锹撂在了原来的地方，拍了拍手上的灰。

关玉娥自始至终在凳子上没动一下，对胡得福说，你是个好人。胡得福说，啥好人不好人的，他们就是欠揍。说着，胡得福从腰上取下手机，说留个联系方式，以后有事能联系。关玉娥就把自己的电话号码报了过去。

有了联系方式，此后很长时间，胡得福经常会给关玉娥发短信，有时候会告诉她，堵在路上了，高速路上有车撞死了一只羊；有时候会告诉她，自己送货去山区，那里的人竟然还不穿衣服，跟原始人似的；有的时候，胡得福还会给关玉娥发一句，早点睡。有的信息关玉娥回了；有的信息，关玉娥没回。关玉娥继续回消息的时候，胡得福就会继续发，跟她说，得空了，他就开着他的大车带着关玉娥出去兜兜风，啊也不拉，就拉关玉娥一个人。关玉娥这时候就不回了，胡得福也就不再继续发。隔天，胡得福又会重新告诉关玉娥别的事情。总之，胡得福每天都会给关玉娥发一些消息。

再后来，有了智能手机，有了微信，关玉娥就让胡得福不要再给他发短信了，费钱。胡得福过了好久才回，连饭都没吃，烟抽了好久，才战战兢兢地给关玉娥回了一条信息，是不是以后都不能联系她了？关玉娥跟胡得福说，他误会啦，是现在有微信了，在微信上面发消息不要钱。胡得福这才明白是自己会错意了，立马跑去手机店换了一个质量最好、最新的手机——苹果第5代。买回来，吃了饭，胡得福自己就开始摸索，他不知道该怎么弄微信，半夜又联系关玉娥，关玉娥又一步步教着胡得福把微信软件下载下来，然后注册自己的账号。

胡得福注册了微信，还要给自己起个微信名，想了好久，胡得福给自己取了"在天涯"。胡得福注册好了微信，就立即添加关玉娥的好友。关玉娥的微信名是"岁岁年年"。头像是一朵莲花，莲花上插着一支正在燃烧的黄香，冒着氤氲的青烟。加了微信，胡得福没话找话，说现在手机都有"代"了，咱们还没"代"。胡得福说得很隐晦，但明眼人一看就知道是啥意思。胡得福后悔了，但说出去的话泼出去的水，想收也收不回来了。胡得福怕关玉娥不高兴，更怕关玉娥认为自己莽撞，给自己回什么以后不会再搭理他的消息，他接不住；但他心里又特别想和关玉娥说说话，现在他除了开车挣钱，按时养自己一年见不了几次的孩子，有空了再回家看看父母，剩下的最重要的事就是和关玉娥保持联络了。

有时候，晚上开车，他不管有多疲倦，只要是能看到关玉娥的消息，他就精神一振，像是睡了一觉又醒来似的，浑身充满了劲儿。这么些年，他一个大老爷们儿，要说没有生理需求，那是骗人的，有几次，和他一起出车的伙计，休息的时候，要带着胡得福解解乏，胡得福犹豫再三，最终还是没同意。伙计有家有室，有老婆有孩子，还很恩爱，胡得福不明白，为什么他一个月两个月就忍受不了下面那点儿事，非要找一个不认识的娘们儿去睡觉。伙计告诉胡得福，这就是生活，要幸福也要性福。胡得福虽然不明白，但他也理解，只让伙计快去快回，别耽误了出车。伙计笑嘻嘻地走远，走向人间烟火，走向灯红酒绿，最后还不忘揶揄胡得福一把，说，这事要是快了，那还得了。胡得福对这些并不入耳，一想事，他就抽烟，并且越抽越凶，以前一天一包，后来一天两包，现在，他从早上醒来到晚上睡下都离不了烟了，他想自己这一辈子怎么走得那么快，他又想到了关玉娥，他知道关玉娥晚上不睡觉，就是在看电视，守着她的澡堂子，守着相片里的那个人看电视。想到关玉娥的时候，胡得福都会给她发个消息，他并不期待关玉娥能给他回复，他要的只是他还能给关玉娥发消息。

胡得福给关玉娥发消息，说"玉娥，我喜欢你"，是2017年，距离他们第一次见面，整整过去了二十年。

这次，胡得福发过消息之后，关玉娥是立即回复的。这么些年，关玉娥没有换过头像，也没有换过自己的网名。岁岁年年，那朵盛开的莲花，就一直这么开着，开在胡得福的心里，结出了果实。花败了，种子就落在胡得福的心里，胡得福就又用自己的心头血滋养着那唯一的种子，种子就又从他干涸的心里，扎下根来，慢慢地长出茎叶，最后又开出一朵花来……花开花败，花生花长，就这样整整度过了二十年的春秋与冬夏。

关玉娥说，老福，你好好找个人过日子！

关玉娥又说，老福，这事你听我的，行不？

胡得福没有搭关玉娥的话，他在微信上给关玉娥回的消息，是一朵玫瑰花的表情。

胡得福发完之后，突然想到了，很久很久以前自己去送菩萨像，在庵堂外看到的那句话，那句话叫"一花一世界，一叶一菩提"。

四

胡得福因为长年在外跑车，吃饭总不按时。以前年少力壮的时候，没什么感觉。现在一晃眼，上了年纪，只觉得经常难受。有一次，在关玉娥那里，饭没吃两口，他竟开始恶心，怕弄脏了关玉娥的地方，捂着嘴，胡得福还没有跑老远，就吐了。胡得福定眼一看，稀稀拉拉嚼碎的饭菜里夹杂着可怖的红色痕迹。关玉娥问胡得福咋回事，胡得福只说前些天喝了酒，闹的。关玉娥没在意，只让他注意，要是得空去医院查一查，年纪大了没好。胡得福也没放在心上，但现在越来越难受，胡得福实在受不了，最终还是去了医院。

检查结果出来，大夫告诉胡得福让家属进来，胡得福坐在板凳上，对大夫说，就他一个人，告诉他就行。大夫手里拿着检查报告，反反复复来回看了三回，最后把报告倒放在桌子上，说，最好还是让家属来一趟，配偶、子女、父母都行。如果要治疗，手术得有他们的签字。胡得福还是平静地说，有配偶，离了；有孩子，一直跟着别人，也不亲近；自己也有父母，但都七老八十了。大夫告诉他就行，需要签字的，他可以自己签。大夫没辙，把胡得福的病情告诉了他：胃癌晚期。听到"癌"，胡得福的心一下子像是跌到了谷底，他只觉得自己眼前横亘着一个万丈深渊，黑得不见底。定了神，胡得福问，自己还能活多久？大夫说，及时安排动手术，再放化疗，还是有很大的生存希望的。胡得福坐在凳子上，想了一会儿说，他得先回家准备钱，准备好了就来住院手术。胡得福这么说，大夫也不好再说什么，只在胡得福出门要离去的时候，告诉他，一定要回来治疗，现在医疗技术很发达，正常治疗，正常寿命。胡得福说，行。

出了医院，时间还早，外面阳光灿烂，人来人往，有在医院摆摊卖水果的，也有卖小孩子玩的气球的。有情侣逛街的，也有老夫老妻儿子儿媳一起陪伴着前来就医的……胡得福因为要空腹检查，早上没吃饭，从医院出来，他只觉得肚子里空落落的，他不知道是饿还是因为心里本来就空。胡得福在街上找了一家卖盖浇面的面馆，招牌上，胡得福一眼就看到了西红柿鸡蛋盖浇面，他就想吃这个。点了面，胡得福就坐在店里靠墙的一张饭桌上等着。面店是个夫妻店，看样子年纪都不大，男的和面煮面，女的忙里忙外，男女都不说话，但配合得很默契。胡得福坐着看着他们，就觉得很美好。面做好了的时候，老板娘端着要送出来，但胡得福已经离开了，桌子上整整齐齐地放着面钱。

胡得福在医院附近的商场买了很多东西，有吃的，也有用的，还有一部最新款的苹果第十一代。这么些年，他都没有好好和自己的孩子说过话、相处过，他想为孩子多做点儿事。前妻和那个人的家虽不在本庄，但也不远，骑电动三轮车，二十多分钟就能到。回到家，胡得福把东西装在电动的三轮车上，等到了傍黑才骑车过去。胡得福到的时候，前妻家开着大门。堂屋里前妻、那个人、自己的儿子，还有一个女孩子正在一起吃饭。胡得福在门口听着，像是自己的儿子找了女朋友，商量着婚事。胡得福手里攥着自己给儿子买的手机，一时间不知道如何是好。堂屋里的人正在举杯庆祝，杯子碰在一起，叮叮当当。胡得福听着，觉着像是自己的心"啪啦"被摔到了地上，发出一声清脆的声音。

"谢谢爸！"堂屋里传出儿子的声音，听到"爸"，胡得福以为儿子是在喊自己，眼睛一热。但很快，堂屋里就传出来那个男人的回应，"好儿子，不用谢，只要你好好的就行"！胡得福在门外，听着、看着眼前的一切，他的腿始终迈不进去，这不是他的家。想到"家"，胡得福忽地想起来，多年前，归尘法师临别时赠他的话，"在家也是出家，出家也是在家"。

胡得福把买的东西都放在了前妻家的大门口，手机也被胡得福藏在了最下面。做完这一切，胡得福掏出自己的手机，给关玉娥打过去了电话。玉娥，我是老福，我想求你个事。胡得福已经很久没有和关玉娥联系了，自从他跟关玉娥表白之后，他想起来都有点后悔，都过了大半辈子了，都是五十开外的人了，说"喜欢"、说"爱"不是幼稚，是生分了。关玉娥说，这么长时间干啥呢，也没联系，也没见你往河北方向跑车。胡得福说，家里有点事，孩子谈了对象，领家里来了。关玉娥说，我说呢。说完，关玉娥又问，之前让你去医院检查，检查了没有啊？胡得福在电话那头笑着说，检查过啦，医生说饮食不规律，有个慢性胃炎，养养胃就能行。关玉娥说，那就好，那我就放心了。老福，你求我啥事？胡得福说他以前在菩萨跟前许了愿，这么多年过去了，他的愿望实没实现，他不知道，但他觉得，人这一辈子，有些事现在不去做，以后恐怕也做不了了。他想去菩萨跟前还个愿。关玉娥说，这是好事啊！能行。胡得福又问，就是如果跟着他去，路途也遥远，她的澡堂子谁给她守着呀？关玉娥说，现在是淡季，也没多少人，她也累了，也想出去走走，最重要的是，她觉得胡得福去还愿，她也能跟着拜拜佛。她虽然不信佛，但见了佛她也会拜。佛是度人苦厄的，活人能不能度，她不知道，但她觉得佛能超度亡魂。听到亡魂两个字，胡得福心里"咯噔"一下，很长时间说不出话来。见胡得福不说话，关玉娥问胡得福，老福你没事吧？是不舒服？听到不舒服，胡得福赶忙说，不是，不是，刚才信号不好。关玉娥问胡得福有没有找个人？胡得福说，嗐，一把年纪了，啥找人不找人的，一天天地熬着呗。胡得福这么说，关玉娥也没再说什么，只是深深地叹了口气。

胡得福与关玉娥商定，就开胡得福的大货车去。胡得福开了一辈子的车，都是给别人送东西，这次他要开车送一次自己。关玉娥本来觉得太麻烦，但胡得福说，人总要为自己活一次，关玉娥便不再说什么，只说她多预备一些吃的用的东西，路上好使。胡得福又提议，既然出去了，就多转转，看看风景。关玉娥没说赞成，也没说反对，算是默认了。

两人要去的最终目的地就是辨空庵，这么些年过去了，胡得福早就忘了确切的位置，多亏车队开车的车友，多方打听，找到当年捐赠菩萨像的人，才知道，辨空庵在一个名叫白云山的地方，白云山这个地儿，就在广东。听到是广东，胡得福乐呵呵地笑了，跟关玉娥说，当年他就是在广东被控制起来的，一住就是个把月，当时要不是有一本《霍乱时期的爱情》，他还不知道怎么打发日子呢。开车在路上，胡得福把以前的事当笑话给关玉娥讲，关玉娥听了想哭又想笑，并且告诉胡得福，那时候，澡堂子一个人没有，但她还是坚持开着。她想的是，要是老福从这过，看见有盏灯亮着，心里就不空了。说这话的时候，胡得福眼睛死死地盯着前方，眼皮一动也没动，他害怕自己眼睛动一下，就会在关玉娥面前哭出来。

以前拉别人的货，胡得福总觉得时间过得慢，慢得像是静止了，自己像是被黏在了高速公路上。现在，他开着自己的车，拉着关玉娥，又觉得时间过得飞快，一会儿到江南了，一会儿到两湖了，还没怎么开，最后就到两广了。快到白云山的时候，满眼的绿色映入俩人的眼帘。胡得福找了一个加油站，油加满，就把车停放在了加油站。他的车不是不能开，胡得福跟关玉娥说，下面的路，他们两个人可以慢慢地走走，看看风景。关玉娥在驾驶楼收拾自己带的烧饼、矿泉水、方便面，还有风油精、膏药、创可贴，满满当当一大包。胡得福看了，哈哈大笑，跟关玉娥说，现在是啥时候了，21世纪嘞，市场经济，你还以为是上个世纪呢？这路上卖啥的没有！最后，胡得福让关玉娥把要带的东西都留在车上，他们返程的时候再用，现在他们就轻装上阵，享受人间风景。

因为是正上午，上山的人很多。有本地打太极的老头老太，也有来旅游的年轻小情侣，形形色色，做什么的都有。胡得福看着关玉娥，关玉娥看着胡得福，俩人都说对方胖了，看样子以后还挺能活。说完，俩人都笑了。

走了没多久，关玉娥就觉得热，胡得福让她坐在路边的椅子上，自己去给她买瓶水。在去买水的路上，胡得福看到很多人都在吃冰淇淋，于是又买了两个冰淇淋。怕冰淇淋融化，胡得福一路小跑，跑到关玉娥的跟前，说，你尝尝这个，现在流行这个，可甜了。关玉娥说，以前她最爱吃冰淇淋，已经好多年都没吃过了。胡得福把冰淇淋递给了关玉娥，也坐在了椅子上。两个人就一起在椅子上吃冰淇淋，来往的不少人都看他们，觉得这对老夫妻挺有意思。从山上下来一对小情侣，二十多岁的样子，挽着手快步往山下走着，他们后面跟着个不大的小姑娘，手里拿着一束玫瑰，胳膊上挎着一篮子鲜花，紧赶慢赶，喊着，哥哥姐姐，买一支玫瑰吧，这是爱情的象征。女孩子跑得上气不接下气，男孩子拉着女孩子的手，大声嚷嚷着，不能买这些小商小贩的花，他们都是骗人的，用月季当玫瑰，还 10 元一支。女孩看着男孩，喘得说不上话来，正要开口，又被男孩拉着往山下跑去了。徒留那个拿着玫瑰的小姑娘站在原地，怅然若失。年轻的小情侣走远之后，卖花的小姑娘又开始用眼睛搜寻新的客户，但每个人都行色匆匆，没有人给她一个机会，让她说，玫瑰是爱情的象征，买一支吧。小姑娘也看到了胡得福、关玉娥他们两人，但很快，眼神便从他们的身上掠过。

胡得福问，小姑娘，你手里的花多少钱一支啊？听到胡得福主动问价，小姑娘有点不大相信，以为又是逗她的，没有回答。这时候，关玉娥又问，小姑娘，大爷是问你花多少钱一支。听到关玉娥又问了，小姑娘眼睛里又升腾起希望，快步走到胡得福、关玉娥面前，从胳膊挎着的篮子里，挑出一支新鲜的，对胡得福说，大爷，给大娘买一支玫瑰吧，玫瑰是爱情的象征，才10元，不贵。胡得福从口袋里掏出10元，递给小姑娘，说，保证这是玫瑰不是月季啊？小姑娘接过钱，说，保证。胡得福接过花，把花儿递给关玉娥说，送给你啦！关玉娥接过鲜花，闻了闻，说真香。拿了钱，卖花的小姑娘跑远了，在不远处看着俩人，最后一溜烟跑掉了。见小姑娘跑掉了，胡得福拍了一下大腿说，坏了，八成卖给我们的是月季。关玉娥说，月季也好，玫瑰也好，是个心意。什么花儿不重要，心意最重要！

两人边走边问，到了辨空庵的时候，已经过了晌午。庵堂里人不是太多，但也有很多人，基本上都是女子。有的在院内焚香，有的在一边供奉佛灯，每个人都风尘仆仆。赶着来拜菩萨，再赶着下山。按理说，男子是不能入庵堂的，所幸胡得福在门口碰到了从外面办事回来的冼尘法师，过去一别，如今已逾数十年。见到冼尘，胡得福才知道，归尘法师已经圆寂，现在镜尘法师是庵堂住持，不过镜尘潜心修佛，庵中一应杂事全都交由冼尘处置。冼尘告诉守在庵门旁边的小尼姑，胡得福与我佛有缘，多年前曾助本庵开立。胡得福虽为男子，亦有佛心，非一般凡夫，是谓佛友。有冼尘的带领，胡得福这才顺利陪着关玉娥一起踏过辨空庵的门槛，进了内院。

冼尘将胡得福还有关玉娥请入了偏殿，给他们斟上了白云山最新的茶。庵堂内佛号阵阵，金声玉润，关玉娥和胡得福只觉得清音发聩。冼尘坐定后，便对胡得福说，施主脸色不好，可是有心事，还是心结不解？胡得福说，一人吃饱，全家不饿，没什么心事。要说心结，这都多少年了，有心结，也打开了。冼尘说，那是再好不过。看着关玉娥，胡得福想到多年前自己守着菩萨，最后许下的愿望，平安顺遂、喜乐安康，活到如今，似是都实现了，又似乎都没实现。胡得福便打趣道，这里要是寺庙，我便皈依了。冼尘双手合十说，施主慎言，佛门重地，不可妄语。冼尘这么说，关玉娥便问，法师，这里是庵堂，我是不是可以皈依？听到皈依，胡得福一愣，眼睛看着关玉娥。冼尘说，佛不想让世人皈依，只想让世人欢喜。冼尘看了看胡得福，又看了看关玉娥说，人这一辈子，只有八件事，生老病死，悲欢离合。可这八件事，其实只是一件事，便是"空了"。所谓色即是空，空即是色。色不异空，空不异色。胡得福和关玉娥两人听冼尘讲的，不是很明白，又像是很明白，相互望着。看着二人，最后冼尘说，二位施主皆有尘缘，亦有尘缘。时候不早了，趁太阳还未西沉，下山的路还未被山雾笼罩，赶紧下山吧。胡得福和关玉娥见冼尘这么说，便也不好再继续叨扰说什么，最后回到了正殿，在菩萨像面前郑重地跪下来磕了头，俩人才离开了辨空庵。

出了庵堂，关玉娥问胡得福明白冼尘说的吗，胡得福说不明白。关玉娥说，我也不大明白，可是好像又有点明白。

胡得福指着辨空庵大门两侧的话语，跟关玉娥说，玉娥，你看那两句话，写得可真好。虽然我不懂，但是我读着，心里就敞亮了。

尾　声

回到曹关张的时候，已经快要过年了。胡得福要回去，关玉娥说过了年再走吧。胡得福便留了下来。

大年三十的时候，窗外大雪纷飞，鹅毛般的大雪呼呼扑在大地上，把大地都染白了。关玉娥在里屋包饺子，胡得福在吧台里面看电视。胡得福拿着遥控器搜电视台，但是好像所有的电视台都在放新闻，新闻上说的是有疫情暴发了，很多地方，城市开始静默，农村也开始封路，一切都好像十多年前的那场"非典"。胡得福是经历过"非典"的人，觉得没意思，也没有把这事放在心上，把电视给关上了。关玉娥在屋里包饺子，问胡得福怎么不看电视了，胡得福说，没几个台播电视剧，就连播了几十年的《还珠格格》《新白娘子传奇》都不见了，全是新闻。关玉娥说，那就算了。她这就包好了，包好了，她和胡得福一起打扫打扫卫生。

胡得福问关玉娥先从哪里打扫，关玉娥从杂物间取来了梯子，让胡得福上去，给澡堂子擦擦牌匾。胡得福每次路过这，都来这里洗澡，二十多年了，上了梯子，这才注意到，在门的正上头还有一块匾，只不过匾上布满了灰尘，像是蒙上了一层阴影，不仔细看是看不出来的，匾额上是"春水流"三个正楷大字。胡得福心想，这名儿起得可真好啊！擦完牌匾，胡得福从梯子上下来，看到服务区的空地上已经下了一层厚厚的雪，就像是铺了一层棉花。胡得福跑了过去，从地上捧起一把，塞到了嘴里，又咳了出来，殷红殷红的，胡得福悄悄地将自己口中吐出的雪埋葬在白色的雪里，等着它们一起消融。

外面不知道哪里，有人放炮仗，"咚"的一声，像是要把天地给分开。

"得福，你要是愿意，我们就做个伴儿吧。"关玉娥也走进了雪中。

"你这还是第一次叫我名儿呢。"胡得福从口袋里掏出了烟。

"是啊，咱们认识了二十多年了吧，我这还是头一回叫你的名儿。"关玉娥说。

"玉娥，你再叫叫我。"胡得福说。

"得福，你知道吗？我挺恨你的。"关玉娥说。

胡得福愣在了空气中，他越用力，火越打不着，最后没办法，胡得福把嘴里的烟又拿了下来。

"你怎么那么老实！有谁会喜欢一个人，喜欢二十多年啊！人生有几个二十多年啊！你傻子啊！"关玉娥说着哭了起来，胡得福走上前去把关玉娥揽在了怀里。

"我还没问过你，他叫个啥名儿呢？"胡得福说。

"岁年。张岁年！"关玉娥说。

"真是个好名儿。"

"年年有今日，岁岁有今朝！"关玉娥抬头看着天说。

顺着关玉娥看的远方，胡得福也看了过去。有两只青鸟正在伴飞，一只跟在另一只的身旁，一起顶着风雪，飞向密云。

天上的雪花纷纷飘落，一片一片，落在胡得福的眼睛里，融化了，顺着他的脸颊，从眼睛里又流出来。

房　祭

凡所有相，皆为虚妄

　　太阳已经落山，但在 B 城依旧到处人声鼎沸，欣欣向
荣。虽然街道上并没有多少人，大家来也匆匆、去也匆匆，
但是街道上空似乎总盘旋着一些声音，似是风嚎。

　　房产经纪公司还是那么多人，来买房子的还是很多，还
是排了很长很长的队。排队的人叽叽喳喳地交谈着，房产经
纪人大声地给排队的人介绍着待售的房子。排队的人来得快，

消失得也快，不一会儿就没了，不知道是人没了，还是房子那么好卖，一下子就卖完了。

"你要买房啊？"房产经纪人看到在门口站了一个人，但他没有进来。

"80平方米左右的有吗？"一个人问道。

"你说的是便宜一点的吧？"房产经纪人来了精神。

"有肯定是有，不过我也不妨直接告诉你，是个凶宅。但是这个凶宅啊，它一平方米比市场价要低5000多元，你想啊，在这里一般的二手房都要3万多元，这个宅子一平方米只要25000元啊，你想想，一套80多平方米的房子，你只要花200万元就能买到啊。而且我告诉你啊，这个凶宅要分好几种的，有血凶、恶凶、煞凶、大凶、小凶，这个房子就是一个小凶啊。一个小帅哥被女朋友甩啦，想不开就上吊啦。但是告诉你，这个人死了就被发现啦，房东从风扇上把他弄下来的时候，没有让他碰到房子的地啊，直接就弄到楼下去啦。所以啊，这个凶宅一点也不凶，现在不知道有多少人争着要买呢。丑话跟您说在前头，今天这个房子您不买，明天就会被别人买走……"房产经纪人的唾沫似乎要喷到一个人的脸上了。

"我买。"一个人说。

"现在就定下吗？"房产经纪人仔细看了看门口的一个人，但是没能看清。不过，房产经纪人还是往后退了两步，因为房产经纪人觉得门口的一个人有点口臭。

"现在就买。"一个人说。

"好嘞，小李拿合同。"

"这是钱。"一个人不知道从哪里提出了一个大包，看样子沉甸甸的。

"小张拿点钞机。"房产经纪人拿着合同递给一个人，一个人飞快地签下了自己的名字。

"经理，您来一下。"拿验钞机要验钞的小张有点紧张。

"这钱，这钱……"小张快要说不出话来了。

"是假币？"

"不是，不是假币……"小张颤抖地说道。

"不是假币，那你就点验啊！"

房产经纪人气冲冲地朝着小张走了过去。

"您看……"小张指着沉甸甸的包看着房产经纪人，颤悠悠地说道。

"天！"

房产经纪人回头的时候，门口的一个人已经不在了，只有合同还在地上好好地放着。

黄昏。

生者必有尽，不生则不死

幸福家园里，来了防疫车，来了警察，听说有人死在屋子里了，死了好久，发了臭都变成蛆了，大家现在才知道。

如果不是天气热，也许很多居民都不知道他们已经和一具死尸住在一起很久了。

楼道间，小区里苍蝇似乎也多了起来，嗡嗡地叫着，似乎是想要和小区树木上的知了一较高下。

"这下房子可卖不出去喽。"幸福家园看大门的老保安站在人群外，亲眼看着警察从屋子里拉出一个裹尸袋来。

"那可不一定，现在房价只升不降的，房源那么紧张，别说死了一个人，就是死了一家人，照样有人买！"小区里的张阿姨肯定地说道。

"那么……卖是能卖出去的，恐怕要便宜很多了吧。"老保安想给自己找补回来。

"老张啊，600万元的房子便宜100万元、便宜200万元，卖给你500万元、400万元，请问你买得起吗？"张阿姨拎着刚买的猪肉，捂着鼻子摇摇晃晃地回家了，只留给老张一个背影。

老保安没有回答，因为他在看裹尸袋，他看到有液体从袋子里渗出来，有点淡淡的红色，就像自己腌咸鱼时从鱼的肚子里渗出来的血水，哩哩啦啦地流了一地。

老保安觉着有点恶心，并不是因为尸体发出的臭味和爬得到处都是的蛆虫。老张恶心的是，这些令人恶心的蛆虫竟然都是一个好好的人变的。一个是从明亮的眼睛里变出来的，一个是从聪明的脑袋瓜子里爬出来的，还有许多是从内脏生出来的……

老保安看着那栋被封锁的房子，突然觉得想吐。

隔中。

此有故彼有，此生故彼生

盛夏夜半，蝉鸣得依然很厉害，有点聒噪。

女友林晓梦已经睡下了，方小竹翻来覆去地却睡不着觉，当然不是因为失眠。他太兴奋了，女友已经答应他的求婚了，他终于可以永远地和女友在一起了。他想到了以后的幸福生活，他们就在一栋不大不小的房子里住着，然后有了孩子，孩子围着他和女友嬉闹……

"嘿，起床了，别睡了。今天我要加班，就不和你去了，你去房产经纪公司咨询一下，在 B 城这里，买一套 80 平方米左右的房子要多少钱。咱们总不能在租的房子里结婚呀？你说是不？"林晓梦穿上裤子，在方小竹的脸上亲了一下。

"买个便宜点的，郊区的也行。"林晓梦又在方小竹的脸上吻了一下。

"好，我一定把事情办好！不要走那么早嘛，离你上班还有一个小时呢。"方小竹又重新把林晓梦抱到了床上。

"差不多得了，我们那个主管三天两头找碴，我可不想让她找出我的差错。"

"好好好！"方小竹愉快地答应了。

方小竹和林晓梦又温存了许久。

方小竹本想再多睡一会儿，但是想到林晓梦在他脸上的吻，他就立即收拾好和林晓梦一块儿出去了，只不过他们的方向完全相反。但是，他们的目的都是一样的，想在这里有一个家。

食时。

所造诸恶业，皆由贪嗔痴

方小竹来到房产经纪公司的时候，经纪公司里已经挤满了人，方小竹没想到自己来那么早，还有那么多的人在自己的前面。更没想到，原来有那么多人需要一套房子。

"小伙子啊，你来买房啊？"排在方小竹前面的一位挎着大包的阿姨扭头问方小竹。

"阿姨，我今天来看看房子的。"方小竹不敢多说，他也确实没有什么可说的，因为他知道自己真的只是来看房子的。

"阿姨告诉你啊，不要看了，赶紧下手，再晚就更贵啦。"挎包阿姨信誓旦旦地说道。

"阿姨，不是说已经出台政策要调控房价了吗？"方小竹虽然没有继续和挎包阿姨谈下去的意愿，但是看到挎包阿姨一本正经的样子，还是忍不住多问了几句。

"调控，哎哟，傻孩子，这些年哪年不调控？越调越高。"挎包阿姨扯着嗓门恨不得地球人都知道。如其所料，周围的人都默默地点了点头，以示同意。

"哪能不涨？现在菜都涨钱，说是涨幅会控制住的，涨钱也涨不到哪里去的呀。"方小竹不甘心。

"小伙子，你看新闻了哇？说是有一个地方的一个楼盘降价销售，幅度还挺大的，你知道最后怎么了吗？"挎包阿姨给方小竹使了一个眼色，方小竹低了低身子，让自己的耳朵靠近挎包阿姨的嘴巴。

"侬晓得哇！说政府禁止降价销售。"虽然方小竹已经把自己放得很低了，挎包阿姨这句话仍旧像是蚊子发出来的。

方小竹有点恐惧。

"阿姨！看您是本地人吧，应该有房子吧？咋还来买房？"

"不是的，小伙子。阿姨不是给自己买房子，阿姨是来给自己的儿子买房子的呀，侬晓得哇！"

"那您一定很有钱了，不然咋能还买房子？"方小竹心里起了一丝的歆羡，他想要是自己也是 B 城的人就好了。

"哎哟，小伙子，看你和我儿子差不多大，我就不瞒你了。阿姨也没有多少钱的呀，要不是阿姨拆迁得了许多的赔偿金，阿姨也买不起的咯。要是阿姨是个富婆，阿姨就买一套一手房了的呀，也不会来这里买二手的了呀，侬晓不晓得哇？"挎包阿姨用手使劲捂着自己的挎包。

"阿姨，到您啦，您来看看有您相中的房子吗！"房产经纪人站在小区住宅楼模型外面呼喊着阿姨。

"哎哟，终于到我啦，早就看好啦。"方小竹看着阿姨高高兴兴地去交定金了。

没过多久，房产中介公司的人就快没有了，只剩下几个房产经纪人。方小竹有点恍惚，刚刚还有那么多人，怎么一下子就都没了，是人没了，还是房子卖完了呢？

日中。

一切有为法，如梦幻泡影

"嘿，帅哥，看你好像也在我们这里待了一上午了，怎么样？有没有中意的房子。"

"有 80 平方米左右的吗？"方小竹站在房产经纪公司的门口问道，他没有敢往里面去。

"你说的是便宜一点的吧？"房产经纪人看穿了方小竹的心思。

"嗯。"方小竹低了低头，抄着自己的牛仔裤口袋。

"有是有，而且还挺便宜的，你要吗？"这次房产经纪人向方小竹走了过来。

"多大，多少钱？"方小竹把手从口袋里抽了出来，一下子兴奋了起来。

"80 多平方米，正好符合你的要求，而且一平方米要比市场价低 5000 多元，现在在 B 城 D 区这里，一般二手房都是 3 万多元，你知道我给你推荐的这一套多少钱，只要25000 元。帅哥，你想想，现在在 B 城，花 200 万元买一套

80多平方米的房子得是捡了一个多大的便宜？而且房东说啦，首付60万元就行，剩下的10年付掉就可以啦。"房产经纪人热情洋溢地向方小竹推销。

"那这个房子在哪里，您现在能带我去看吗？"方小竹大声问着，他觉得自己真的是一个幸运儿。老天让他遇到了林晓梦这样一个美妙的女朋友，又让他在买房子的时候捡到了这样的一个漏。

"可以啊，我骑车带你过去，就离这里不算太远。"

"我们现在就去！"方小竹有点迫不及待了。

"这是什么房子？为什么这么便宜？"

方小竹站在房子门口的时候，觉得浑身凉飕飕的。

"这当然是好房子，这能是什么房子？"房产经纪人瞪了方小竹一眼，把门打开，站到了一边，让方小竹先进去。

"确实挺不错的。"方小竹本以为房子那么便宜，一定是装修很破，或者年久失修的房子，但是方小竹没想到原来世上真的有漏，只不过你能不能捡得到罢了。

"挺满意的吧？"房产经纪人赔着笑脸说道。

"挺满意的。大哥，这样，我回去和我未婚妻说一下，我们也把钱拢一下，如果可以的话，明天我就给您一个准信，您看怎么样？"方小竹客气地说道。

"应该的，应该的，我们互留个联系方式吧。"房产经纪人毕恭毕敬地说道。

"那我就先回去了，咱们有事电话联系，大哥，这房子

一定给我留着，不要再把它介绍给别人了。"方小竹从口袋里
掏出一包还没有打开过的烟放到了房产经纪人的手里。

"放心吧，弟弟，都不容易，哥哥一定给你留着，你就
把心放在肚子里吧。"

房产经纪人一直站在房子的门口，没有往里进，等方小
竹出来下楼之后，房产经纪人往里面看了两眼，就赶忙把房
门给关上了。

"咣当"一声，随着房门被关上，房子里的阳光都被挤
了出来，里面是什么样子的，外面的人再也看不见了。

日昳。

诸法因缘生，我说是因缘

方小竹回到家的时候，房东已经在等他了。房东不是来
催房租的，房东是来催房子的，房东的儿子在国外看好了一
套房，需要钱，所以房东准备收回房子卖掉，把卖房子得来
的钱给儿子，让他在国外买房。

"阿姨，您今天来也不跟我说一声。"方小竹赔着笑脸
道，方小竹知道房东无事不登三宝殿，房东既然亲自来了，
一定不会有什么好事发生。

"哎哟，小竹哇，老长时间不见得咯，阿姨想你们的
啦。"房东比方小竹还要客气，不知道的还以为方小竹是房
东呢。

"阿姨，房子还有一个月才到期吧？"方小竹反客为主。

"哎哟，阿姨不是来跟你要房租的啦。你在我这里租房那么久了，我们也算老相识了，阿姨怎么会跟你催要房租呢，小竹想得多了嘞。"房东大妈依然笑呵呵的。

"阿姨，您先来坐吧！"虽然方小竹知道房东总是表面一套、背后一套，但是没有办法，房子是人家的，他虽然不快，但还是得硬着头皮把房东请进屋子里来。方小竹有时候觉得，其实租的房子和自己的房子也差不多，日子久了，人和房子就长到一块儿了。但是只要房东一来，方小竹觉得自己立马就会从梦里醒过来，硬生生地就被房东从房子上面撕扯下来。

"小竹啊，晓梦不在啊？"房东大妈像抓贼的警察一样，对自己的房子虎视眈眈地审视着。

"她去加班了。"方小竹给房东倒了一杯开水。

"小竹，你和晓梦要结婚的吧？"房东大妈神神秘秘地问道。

"是的呀，阿姨，我现在就在看房子。家里给了一些钱，我们两个人攒了一些钱，准备买个二手房，差不多今年年底就能领证呢。"说到结婚的事，方小竹放松了警惕。

"哎哟，是该结婚咯，哈？你们两个在我这里租房子的时间少说也有两年咯，是该结婚咯！"房东若有所思地点点头，自言自语道。

"阿姨，您今天来到底是啥事？直说，没事的。"方小竹有点不耐烦了，他想赶紧把房东送走，立马关起门来把买房的好消息告诉晓梦，他知道如果晓梦知道了一定会开心坏了的。

"小竹啊，阿姨也不拐弯抹角啦。你呢，要结婚，阿姨的儿子呢原先在国外留学的，侬晓得的哇，现在毕业了，谈了个女朋友，也是我们这边的人，两个人处得不错，准备在国外买房子咯，也准备结婚。阿姨来就是想告诉你，阿姨准备把租给你的这个房子卖掉的哇，所以侬明白的哇？"房东倚靠在了沙发上。

"恭喜恭喜啊，阿姨，这是喜事的哇。可以的呀，我们没问题的。阿姨，我今天也去看了房子，也谈好了一套的，比市场价要便宜 5000 元钱呢，但是最快最快成交，然后搬家，也需要个把月的时间呀。而且我们的房子还有一个月才到期的哇，所以一个月之后或者早几天我们把房子给您腾出来，没问题的呀。"方小竹觉得自己说话越来越像 B 城的人了，一句话竟然说了那么多"呀"，他知道自己很快将成为 B 城人了。

"哎哟，小竹啊，阿姨知道的哇，但是阿姨现在就准备把房子卖掉的哇，阿姨现在要去儿子那边帮他们料理事情，一个月之后才回来，阿姨想着现在就把房子卖了把钱带过去，侬晓得吧？"

"晓得，晓得，阿姨。但是如果您现在就把我们赶走，您是要给我们违约金的呀，等到一个月之后您回来了，那时候我们也走了，您不仅不用赔偿违约金，您也可以一次性把卖房的工作都搞完的嘛。您说呢？"方小竹知道房东是个十足的小市民，她是一定不舍得赔偿违约金的。

"哎呀，小竹啊，阿姨是说不过你啦。那也行吧，也许阿姨晚卖一个月，还能等着房子再涨涨呢，对不啦？"

"阿姨，您真是太聪明了，这个房子，一定会涨钱的，到时候您就等着收钱吧！"方小竹松了一口气。

"小竹啊，阿姨有一件事情，想提醒你。这个二手房，你要好好考察的，侬晓得哇，有些二手房很便宜，但是是有问题的，出过事情的二手房才会便宜的，侬看的便宜5000元钱，八成是凶宅的啊。"房东神神秘秘地说道。

"凶宅？"

"死过人的喽，而且是非正常死亡的哟。"房东一本正经地说道。

方小竹有点虚。

"阿姨也要卖你们租的这栋房子，也是二手房，侬知道现在多少吗？4万元一平方米，这栋房子没有320万元，绝对拿不走的哇！"

方小竹脸有点黄。

屋子内静了许久。

"阿姨，以前我觉得您不过是市侩。但是，现在我觉得您挺阴险的。我们在B城这里，没有根基，想在这里安个家不容易。我相信您，才跟您说实话，说我找到了一处便宜的房子。您告诉我要小心是凶宅，您这话乍一听是好话，是为了我着想，但是仔细想，就是恶言。不管我看的那栋房子是不是凶宅，您告诉我这些，它就会成为一根刺扎在我的心里，永远去除不掉。我何尝不知道，便宜的房子肯定是有问题的，可是那又怎么样？我只是想有一个家！凶宅也是宅，凶宅能是鬼的家，也能是人的家。鬼都有家，人总不能没有家吧？这些话，我用得着您告诉我吗？您是操的哪门子心？"方小竹有点生气，工作以来，有些事情，方小竹不是想不到，只是不愿意多想而已。这个世界上不缺聪明人。

"哎哟，方小竹啊，你这个人。我是为你着想，你现在说我好阴险。那，那我现在就不妨再告诉你一件事情。上次我来你家里的时候，你工作加班不在家，你女朋友让一个别的男人进了这里来，正好被我撞见的哟，所以我那次来了就又走了的，鬼知道他们在老娘的地盘做些什么烂污事啊。自己被别人戴了绿帽子不知道的哇？你也不撒泡尿照照自己，你女朋友那么美妙的一个女孩子，你这样的一个乡巴佬，咋个能看住？连个房子都买不起，活该给你戴绿帽子。"房东撕下了自己的伪装。

"你不仁，我不会不义。一个月之后我来收房子！趁早去你的凶宅里去住！"房东阿姨怒气冲冲地走了出去，关门的时候本要把门甩上，但是一想到这是自己的房子，最终轻轻地关上了。

房子里只有方小竹自己了。方小竹没有动，也没有说话，就一个人站着，许久。

"大哥，我是小方啊，今天中午，您刚带我去看房子，您还记得吗？"最终，方小竹还是接通了电话，恨不得跪在地上跟电话那头的人说话。

"哦，我想起来了。你找我有什么事吗？"房产经纪人有点不耐烦了。

"是有点事，看房的时候我问您房子怎么那么便宜啊？您还没有告诉我呢……"方小竹强忍着自己眼中的泪水，他希望那头的人会告诉他一个美好的答案，比如房东急需用钱，急着出售房子……

"哦，这个事情啊，因为它是一座凶宅，所以便宜。"房产经纪人这次没有打太极，直截了当地把事实告诉了方小竹。

"凶宅？大哥，凶宅你们怎么好往外卖呢？"方小竹觉得自己眼中的泪水快要溢出来了。

"凶宅怎么了？凶宅也是宅子啊？你是不是觉得自己是人，比鬼高一等啊？告诉你，就现在，人活得还不如鬼呢。"房产经纪人也急眼了。

"大哥，您说得对，那既然是凶宅，价钱上您能不能再让一让，兄弟要结婚呢。"方小竹感觉到自己的喉咙里憋着一股什么东西，似乎要把自己的脖子给撑开。

"让一让？兄弟，你晚了，凶宅现在没啦，被别人买走啦，价钱比我给你的还高出了2000元钱，当场交定金，现在正在办过户手续呢。兄弟，哥哥告诉你一句话，什么鬼啊人啊的，别在意那么多，你以为人和鬼有区别吗？人死了不都得成鬼？做人的时候能活得像个人就不错了，咱们要求就别那么多了。还有，不妨告诉你，现在办手续的这个，人家也是要结婚，人家就是奔着凶宅去的，便宜啊！"房产经纪人说完就挂上了电话。

"……"

整个房子在这一句咒骂之后陷入了死一般的沉寂，只能听到一个人急促的呼吸声。

晡时。

此无故彼无，此灭故彼灭

林晓梦回来的时候，方小竹已经做好准备了。

"亲爱的，我回来了。"林晓梦似乎有一点疲惫。

"怎么了？工作不高兴吗？"

"明天还要去加班啊！"林晓梦一屁股坐在了沙发上。

"晓梦，今天我去看房子了，我们目前根本买不起啊。"方小竹盯着林晓梦，希望能从她那里得到一丝最后的安慰。

"哎，我就知道你不行。"林晓梦倚靠在沙发上，手里转着手机，心不在焉地说道。

"我不行，别的男人行是吧？"方小竹继续盯着林晓梦。

"你说话怎么这么难听，这话是什么意思？"林晓梦腾地一下坐了起来。

"你知道我是什么意思！"

"我怎么知道你什么意思？"林晓梦不甘示弱。

"房东今天来过了，她要卖房子，然后再给她的儿子买婚房。"

"嗯，那我们尽快再找其他的房子吧。"

"她还说什么了？"林晓梦知道方小竹一定还有别的话说。

"阿姨说上次她来的时候，有个男的在我们这里很久才走。"方小竹没有看林晓梦。

"是，有这么回事。但是，我们什么事都没有，你一定要相信我。"林晓梦又重新坐在了沙发上，并没有表现出多大的情绪波动。

"你说这话，你觉得你自己会相信吗？"方小竹语气很和缓。

"是，我承认，那个男的是我的同事，他在这里小有成就，各方面也都可以，他想追求我，但是我并没有接受他，也没有和他有任何的关系啊。"这次林晓梦很平静地说道。

"那不就完了？"

"什么叫'那不就完了'？"林晓梦有点恼怒。

"这样的男生不是正合你意吗？他有房有车，你可以和他一块儿结婚，不用再跟着我一块儿东奔西跑了！"

"你放屁！"林晓梦有点想哭了。

"他来我们家，你说你们什么事情都没有发生，我是不会相信的。"

"所以呢？"林晓梦哭了。

"所以，我们分手吧！"方小竹依旧面无表情。

"你是认真的吗？"林晓梦再一次诘问。

方小竹没有说话，而是打开了手机，把林晓梦的所有联系方式，把与林晓梦有联系的所有朋友的联系方式都给删除了，就在林晓梦的面前。

"好！"

林晓梦擦了擦自己的眼泪，也打开了手机，当着方小竹的面删除了他的所有联系方式，并从他们两个共同的群组里面都退了出来。

林晓梦虽然很累了，但是并没有花多少时间就把所有的东西都收拾好了，除了一些紧要的东西和自己的物品，绝大多数她和方小竹共有的东西都被她装到了垃圾袋里。

林晓梦是拎着自己的行李箱、背着满满一大袋垃圾出去的。

方小竹望着"咣当"一声关上的铁门，觉得自己的世界一瞬间陷入了灰暗和模糊，他陷入了恍惚，自己怎么什么都看不见？也都找不到了？当他的心疼了一下的时候，他才发觉自己的眼睛里早已满是泪水，当他用双手去掩面的时候，却又要失声在喉咙眼里，当他想发出一点声音，舒缓一下喉咙里的东西的时候，却再也止不住，开始号啕大哭。

日入。

悟四大苦空，觉生灭变异

知了叫了整整一夜。

方小竹睁开眼的时候，外面已经有了明媚的阳光，只是身边除了从窗外照射进来的阳光，别的再没有什么。方小竹知道，林晓梦真的走了。但方小竹有点不舍，他想去林晓梦上班的地方，想再看看她。

方小竹一大早就跑了过去，他就远远地在林晓梦公司门口前面的花坛边沿上坐着，周围的树木花丛正好遮住了他的身影。而通过他的视角，正好可以看到坐在五楼窗户旁边的女友。

中午的时候，他看到女友下来拿外卖，是麻辣烫。她还是那么喜欢吃麻辣烫，从前的时候就爱和自己一块儿吃。想想每次吃麻辣烫，两人都会把汤喝掉，方小竹就想笑。

可是这样的日子再也不会有了，方小竹知道。

方小竹从早上一直坐到晚上，他想看着自己的女朋友下班，他希望能有一个白马王子来把他的晓梦接走。

天遂人愿。

六点一刻的时候，方小竹见到一辆别克车停在了公司门口，从车上下来一个穿西服的男子，和自己年纪一般大，但不是林晓梦公司的人，因为他一直没有上去，像是在等什么人。方小竹对自己说差不多这个人就是晓梦的新男友，因为他看着这个人能给人一种安全、牢靠的感觉，所以方小竹希望这个牢靠的人就是晓梦的新男友。

果不其然，车子在楼下停了没有几分钟，林晓梦就下来上车走了。林晓梦虽然并不是太高兴，但是那个年轻人不知道说了什么一下子就把林晓梦逗笑了，方小竹虽然没有听到那个年轻人说的话，但是他也跟着笑了。

方小竹知道自己这下可以放心了。

晚上方小竹回到住的地方的时候，把屋子里里外外收拾了一个遍，所有的门窗都被他封得严严实实的，他要准备出一趟远门了。做完这些的时候，方小竹才想起来自己已经一整天没有吃饭了，虽然楼下也有卖饭的，也有卖麻辣烫的，但是他还是点了一份麻辣烫的外卖。只不过方小竹没想到总是迟到很久的外卖，这次不仅准时，竟然还提前了十分钟。麻辣烫方小竹没有吃完，他只吃了一半，吃完后，方小竹坐在沙发上愣了一会儿，然后就闭上了眼睛。

……

"还不起床？"方小竹听到了林晓梦的声音。

"这就起床，这就起床。"方小竹这次没有赖床，他想不管说什么以后都一定要听女朋友的话，再也不惹她生气了，更不会把她气走了。想到这，方小竹腾地一下站了起来。

"你去看看房子吧，80平方米左右的，郊区的也可以，只要能够结婚用就好。"林晓梦已经收拾妥当，准备去上班了，站在卧室的梳妆台前面对着镜子说道。

"好的，好的。"方小竹迎着林晓梦，想走过去拥抱她，只是林晓梦并没有向他走来，而是径直向床头走去。

方小竹看到，一具已不能称之为人的物件，僵直地躺着，在自己的床上。

人定。

普渡寺

一

后来，普渡寺没了和尚；再后来，普渡寺没了人；最后，普渡寺也没了。

二

这是个发生在什么时候的故事呢？没有人能够说得清了。不过，这个故事却一直在人们中间口口相传。因为口口相传的"口"太多了，故事就有了许多变化，自然而然，故事在每个人的心中也就有了差异。虽然如此，但故事还是有一处是一直没变的，那就是故事发生的时候，从头到尾，也就这么几个人。好人和坏人，男人和女人，大和尚，普通人。

三、好人和坏人

好人进来的时候，普渡寺已经有人了。不仅有人，还有死人，死了的不仅是人，还是一个大和尚。

"是你杀了大和尚？"好人道。

"我是坏人，但却没有杀大和尚，不仅没有杀大和尚，而且从来没有杀过人！"坏人道。

"那和尚是怎么死的？你难道要告诉我他是自己杀死了自己吗？"好人嗔怒道。

"我正要告诉你，和尚就是自杀死的。"坏人笑道。

"我要杀了你，为和尚主持正义。"好人要拔刀。

"主持正义？但你并不是我的对手。"坏人讥笑道。

"我当然不是你的对手，因为你是最有名的坏人，最坏的坏人，双手沾满了鲜血，而我却是一个无名的好人！"好人道。

"你说错了！"坏人道。

"我说错了吗？"好人眯眯眼道。

"最起码错了一半。"坏人抚摸着他的那把剑道。

那是一把细细的剑，就像坏人一样，黑瘦黑瘦的。

"哦？你以为我会相信你吗？"好人道。

"我才不管你信不信我，反正我不会信你。"坏人把细剑放到了香案上，香案上还有一支已经焚烧完了的香，只留下几抹灰尘在上面。

"我要杀了你！"好人已经把刀拔了出来。

"现在你杀不死我。"坏人替好人把刀推回刀鞘。

那是一把胖胖的刀，就像好人一样，面色红润，慈眉善目。

"是的，现在我杀不死你。"好人低下了头。

"既然现在杀不死我，可不可以不要杀我？"坏人道。

"可以！"好人道。

"现在杀不死你，并不代表以后杀不死你，也不代表下一个时辰杀不死你！"好人一字一顿、字字铿锵道。

坏人并没有说话，不知道是没有听到还是根本就没有听。坏人只是坐了下来，继续抚摸着他的细剑。

好人也坐了下来。

四、男人和女人和大和尚

男人和女人进来的时候，普渡寺唯一的和尚已经在唯一的大殿了。不仅有和尚，还有一个人。和尚不是人吗？和尚当然是人，但是除了和尚之外，还有不是和尚的人，一个黑瘦黑瘦的人。

"大师，请救救我们！"男人和女人同时跪在了大和尚的面前。

"你们好好的，为什么请我救你们？"大和尚道。

"现在好好的，并不代表以后会好好的，甚至不能表示下一个时辰会好好的。"男人哭诉道。

"你不懂武？"大和尚问道。

"不懂武，只懂文。"男人道。

"为什么请我救你们？"大和尚问道。

"普天之下，只有普渡寺的大和尚能救我们。"男人道。

"哦？这是为何？"大和尚问道。

"您是当世的高人，无人能出您右。"男人道。

"你错了，有一个人能出我右，而且还是个女子。"大和尚道。

"您说的一定是春红杏！"男人瞪大双眼看着大和尚。

"你知道春红杏？"大和尚如同枯木的脸上浮现了许久不见的红晕。

"实不相瞒，春红杏就是家母。"男人道。

"哦？既然如此，为何要大老远来找我？尊母之武远在我之上，尊母难道不愿意保护自己的儿子吗？"大和尚双手背起。

"大师，家母过世了。"男人伏在地上痛哭不已。

"尊母武之高，天下人闻之莫不胆战，谁敢伤她分毫？"

大和尚急询道。

"若是正大光明，自然无人能及，只是此人假扮您的模样，扰乱母亲的心神，趁母亲不备，击杀了她，母亲在临死之前告诉我，只有您才能保护我们。"男人的头已经磕了下来。

"南无阿弥陀佛！"大和尚双目紧闭。

"你的命，我应下了。"大和尚又道。

黑瘦黑瘦的人正在抚摸他的剑，细剑，并没有说话。

"您也要救她。"男人看着身边的女人道。

"她是谁？"大和尚问道。

"她是我的妻子。"男人道。

"你的妻子自然要你来救！"大和尚道。

"我的妻子自然我来救！"男人道。

"那是当然！"大和尚扬起了头。

"如果我死了，您能不能替我救她？"男人问道。

"我应下你一条命，自然就欠你一条命，如果没能救下你，我自然要救你的妻子，以代偿我的承诺。可是任谁来找，我也不可能救不下你！"大和尚的眼睛中发出炯炯的光，双手合十。

那是一双干净洁白的手，但是纵横交错的青筋却向我们展示了他的力量，那力量可以劈山震海。

"自然在别人手中您不可能救不下我。"男人道。

"你知道！"大和尚道。

"我知道！"男人道。

"但是我也知道，有一个人一定可以在您出手之前杀死我。"男人道。

"谁？"大和尚问道。

"我自己！"男人一字一顿道。

"南无阿弥陀佛！"大和尚道。

"我总能趁您不注意的时候杀死我自己，这样您就是失信的小人了！"男人道。

安静，很长时间的安静。

"你们一块儿到我的禅房，我保证那里是最安全的地方。"大和尚道。

黑瘦黑瘦的人依然在抚摸他的剑，细剑，发出幽幽的寒气。

五、坏人和大和尚

坏人进来的时候，普渡寺唯一的大和尚已经在唯一的大殿了。紧接着又进来了一个男人与女人，等男人与女人离开大殿，进到大和尚的禅房的时候，坏人才放下了手中的细剑。

"剑怎么可以随便放下！"大和尚坐于蒲垫，紧闭双目道。

"在别人面前，剑可以随便放下。在您的面前，剑也只能放下！"坏人道。

"哦？"大和尚低声道。

"我是来杀那个男人的。"坏人道。

"你知道，有我在，你杀不了。"大和尚眼睛依然没有睁开。

"我知道。"坏人道。

"我是最坏的人，很多人可以说都是死在我的手上，但是很多人又不是死在我的手上！"坏人自豪道。

大和尚双目有所动。

"我是最坏的人，但是除了我之外还是有很多坏的人。这些坏人坏就坏在不承认也不让别人知道自己是坏人。"坏人道。

"你是坏人，但你也是真正的坏人。"大和尚道。

"正因为我是真正的坏人，所以当我出现在别人的面前，别人都会紧张，一紧张，脑子就会不够用，眼神也不够用，所有的注意力也就都在我的身上了，这个时候不用我出手，就已经有人出手了。"

"这个时候出手，一定可以一击害人性命！"坏人拿起了细剑。

"正是如此。"大和尚双目已经睁开，双手合十，青筋凸起。

"所以，现在您已经死了！"坏人道。

"是的，我已经死了，可是你也死了！"大和尚一字一顿道。

"是的，我也死了！"坏人叹息道。

"但是，我们还都没有死。"大和尚道。

"是的。"坏人道。

"但是，我一定会死！"大和尚道。

"是的，你一定会死！"坏人道。

"但是，你可以不死！"大和尚道。

"是的，我可以不死。"坏人道。

"我不杀你，你就不用死！"大和尚道。

"是的，你不杀我，我就不用死。"坏人道。

"我不杀你，你就欠我一条命！"大和尚道。

"是的，我欠你一条命！"坏人道。

"欠别人的命是一定要还的，如果你愿意做一个真正的人。"大和尚道。

"是的，我是真正的坏人。"坏人道

"真正的坏人也是真正的人！"大和尚道。

"但是你也欠男人的命，所以你也要还！"坏人道。

"是的，我必须还。"大和尚道。

"我欠你一条命，你欠男人两条命，所以我也欠男人两条命！"坏人道。

"你的账算得很好！"大和尚道。

"我的剑更好！"坏人道。

"都好，都好！"

"哈哈哈……"

大和尚仰天大笑。

坏人坐了下来，仔细地端详着自己的那把细剑，那把还在幽幽地发着寒气的细剑。

六、普通人和好人和坏人

普通人进来的时候，普渡寺已经有人了。不仅有人，还有两个人，好人和坏人。不仅有人，还有死人，死了的不仅是人，还是一个大和尚。

"大和尚死了？"普通人道。

"当然死了！"坏人道。

"死了就好！"普通人道。

"是好！"坏人道。

"好什么？"好人道。

"大和尚一死，就没有人能保护得了那男人！"普通人道。

普通人是个极普通的人，一身轻衣，只是年纪不大，还很年轻，正是要娶亲的年纪！

"大和尚虽死，却有人依旧能保护得了那男人！"坏人抚摸着他的细剑，像蛇一样的细剑。

"哦？"

"普天之下，除了那男人的娘，除了这大和尚，就是家父了，而家父早已将全身的绝学及武功传授于我。"普通人自信道。

"自然，当今之世，已经没有人可以将你击杀！"坏人道。

"但是，虽没有人可以将你击杀，但是也有你击杀不了的人！"坏人缓缓道。

"谁？"普通人握紧了拳头。

那是一双如同岩石一般的拳头，拳头上的老茧已经证明拥有这样一双拳头的人是不容易对付的。

"我！"坏人的细剑发出幽幽的绿光。

"你是坏人！"

"我是坏人！"

"有金子，你就可以去杀人！"

"是！"

"大和尚已死。"

"已死！"

"你的任务已经完成！"

"完成了。"

"你想做回好人？"

"好人容易变成坏人，若是要想把坏人变成好人就难了！"坏人道。

"你说得很对！"普通人道。

"那么，你还要击杀男人？"坏人道。

"要！"普通人道。

"那么，我们一定要拼个你死我活？"坏人道。

"一定要！"普通人道。

普通人的拳头已经变成了两块岩石，重重地向坏人砸来。

坏人的细剑已经出鞘，虽然那细剑黯淡无光，但是剑上却沾着鲜血。

那鲜血，极其鲜艳。

是鲜的血。

只是那鲜血却不是普通人的，而是坏人自己的。

细剑落在了地上，发出一声清脆的响声。

"我是好人！"

"专杀坏人的好人！"好人的刀已经回鞘。

坏人的细剑还在发出幽幽的绿光，只是没多久就黯淡了下去，最后完全消失了。

七、普通人和男人和女人

普通人进来的时候，大和尚的禅房就不是最安全的地方了。也许，大和尚死的时候，他的禅房就不再是最安全的地方了。

"大和尚是为我而死的？"男人道。

"自然是为你而死。"普通人道。

"谁杀了他？"男人问道

"他自己杀了他自己。"普通人道。

"为什么？"男人道。

"自然是为了你！"普通人道。

"你来要杀死我？"男人道。

"我来当然一定要杀死你！"普通人道。

"我不懂武！"男人道。

"即使我不懂武，我也要杀死你！"普通人道。

"是的，你一定要杀死我。"男人道。

"杀死我，你才能挽回自己的尊严！"男人又道。

"是的。"普通人道。

"你杀吧。"男人道。

"我一定要杀！"普通人握紧了双拳。

那双拳充满了力量，有劈天之力。

"要杀就先杀死我！"女人已经挡在了男人的面前。

女人当然要挡在男人面前，因为她很爱男人，男人也很爱她。

但是她也知道自己肯定是无法阻止普通人杀死男人的，但是她还是选择走到前面，因为她爱男人。

爱情是没有逻辑的。

她想赌一把。她当然知道普通人曾经也很爱她，所以她想普通人如果真要杀自己，也许会有一瞬间是犹豫不定的，那就是破绽。有了破绽，自己就给男人创造了机会，即使是一瞬间的机会。一瞬间的机会就足以置人于死地。

女人并没有多少时间去想多少事情，她能想到那么多已经很好了。

女人是一个漂亮的女人，也很年轻，年轻而又漂亮的女人有时候想得多少会过于简单。

她没有想到……

普通人的双拳并没有放下，反而攥得越来越紧，并且眼睛死死地盯着女人身后的男人。因为男人在女人身后已经握起一把小小的刀子，那刀子小小的，绝不是会武之人用的。想用这样一把刀子去杀死一般的会武之人已是极难，而想要杀死普通人这样的高手就更是不可能了。

但是这样一把小小的刀子要杀死一个女人却是轻而易举的事情，尤其是杀死一个毫无防备的女人。

……

因为男人，所以，普通人不敢动。

因为普通人，所以，女人也不敢动。

因为女人，所以，男人不用动。

但是禅房还是有人动了。

八、好人和男人和女人

普通人没有动，女人没有动，男人没有动。但是，禅房却有了动静，因为好人还可以动。好人也一直在动，从大殿来到禅房并不需要动多久，大殿距离禅房很近，近得在大殿可以知晓禅房的一举一动。而知晓了禅房里的人都不敢动的时候，好人才敢动。好人动了，男人和女人就动了，因为普通人已经不能动了。

死人是不会动的。

"他死了。"男人道。

"他死了！"好人道。

"他是被你杀死的？"男人道。

"他是被我杀死的。"好人道。

"你本来是杀不死他的！"男人道。

"我本来杀不死他！"好人道。

"可是，他把所有的注意力都放在了你和女人的身上。你知道的，当一个人把注意力都集中在一处地方的时候，就再也没有其他的心思去考虑其他的人和其他的事了，这个时候就会有疏漏和破绽！"好人道。

"你很好地抓住了这个最大的疏漏和破绽。"男人道。

"是的。"好人道。

"我得救了！"男人道。

"永远地得救了。"好人道。

"谢谢你。"男人道。

"不用谢我，我是好人，自然不会眼睁睁看着一个人要去害两条性命的。"好人道。

"你不是好人！"男人道。

"哦？"好人变色道。

"你是天下第一的好人。"男人又道。

"家母离世，大和尚身亡，普通人和坏人也已经死在了您的刀下。"男人道。

"这世间再没有人是您的对手！"男人顿了顿又道。

"哈哈哈哈……"

"你也不是男人。"

"因为你是真正的男人。"

"你是与女人最恩爱的男人！"好人道。

"我就只做我天下第一的好人，可好？"

"我也只做最爱女人的男人，可好？"

"哈哈哈……"

"好好好……"

九、男人和女人

斜阳已斜，映红了整个天空。

似鲜血。

好人又再次踏上了他的路，只是这次他的刀已不必出鞘，因为他是天下第一的好人。

"好人真好！"女人道。

"好人自然好，因为他是好人！"男人道。

"你也好！"女人道。

"我当然好，因为我是最爱你的男人！"男人道。

"你看，好人已经走了。"女人道。

"好人一定要走！"男人道。

"大和尚也是好人。"女人道。

"好人却不是大和尚。"男人道。

大和尚的确是一个好人，好人也当然不是大和尚。但是好人又有许多与大和尚相似的地方，他们的神态，他们的言辞，还有他们的身形……

普渡寺没人了，因为好人走了，男人和女人也走了。又因为大和尚死了，普通人死了，还有坏人也死了。

只留下了普渡寺。

十、故事

故事不是从这里开始的，也没有在这里结束。

唢呐梦

那个时候并不是很久远，但是确切的是什么时间，却也的确记不大清了。只记得那时，我每天都憧憬着有朝一日自己能够加入一个唢呐班，去吹唢呐。因为在那个时候，在我们村子里，只有唢呐班饭桌上的饭菜是最丰盛的，也是剩得最多的。

吹唢呐的梦，每天都萦绕在我的脑海，尤其是村子里有红白喜事的时候，看到唢呐班来，这个梦就更加强烈。而当我看到一个与我同岁的男孩子竟然能够在大人中间游刃有余地吹唢呐的时候，这个梦就变得似乎更加清晰了，我一直认为，那时也许只要再坚持一点点，我就可以进到梦里去了。

见到那个吹唢呐的男孩的时候，他已经吹完了唢呐，正端坐在桌子旁，抽着主人家供奉的红杉树牌香烟。男孩一会儿又跷起了二郎腿，倚靠在桌子旁边雪白的墙壁上，说是飘飘欲仙的状态，似乎一点也不为过。而那把精致的小唢呐也在男孩所吐的云雾中愈发显得妖娆。桌子上的烧鸡、蹄髈、红烧鱼、红烧肉都纹丝没有动，可怜兮兮地趴在桌子上，战战兢兢，生怕男孩会忽略了它们。男孩真的忽略了它们，男孩不仅连正眼，就是"斜眼"也没有给它们。因为男孩正在看着我，奇怪地打量着我，好像我才是要被他吃掉的一道菜。

　　我当然不是一道菜，但是我的手里，确切地来说，是两只手，正拎着一包菜，一包被红色塑料袋包裹着的菜。

　　后来回到家之后，我曾细细地想，他看我，也许是因为我手里的塑料袋颜色太艳丽了，也许是因为他看我似和他一般大，除了这，我再也想不出别的什么。无论是谁，看到一个十几岁的孩子，看到一个鼓鼓囊囊而又颜色艳丽的塑料袋多少都会有一点好奇心的。十几岁的孩子为什么要拎着一大包东西？为什么盛着东西的塑料袋颜色是那么艳丽？这颜色艳丽的塑料袋里装的又会是什么宝贝呢？

　　并没有什么珍宝。

　　鼓鼓囊囊的大红色塑料袋里，也就鼓鼓囊囊地装满了蒜薹肉丝里的蒜薹、辣子鸡里的辣子、牛肉炖豆腐里的豆腐……还有一个被五老妈妈吃了一半的大鱼头，正在塑料袋里咧着那半张鱼嘴"嘿嘿"地笑。当我看男孩的时候，我的目光并没有与男孩的眼神不期而遇，因为他已经不看我，而开始眯着眼看我手上的塑料袋了。我慌了，因为我觉得男孩看我的眼神就像在看一个小偷或者一个乞丐，虽然我并不是小偷，更不是乞丐。但是，我还是慌了。我收起了自己的目光，低着头，紧张地用两只手拽着塑料袋想要跑开，但是，塑料袋里的鱼头好像使了坏，故意把塑料袋扎破了一个小口，虽然不大，却已经足够各种菜的汤汁逃之夭夭了。它们一滴、一滴、一滴地顺着塑料袋，越过塑料袋上的"鞋王"两个字，弯弯曲曲地爬到塑料袋的最下面，"吧嗒"一声，滴落在地上，消失不见了。我更加慌了，我怕塑料袋会破，令人讨厌的汤汁会逃走；我更怕塑料袋里的东西也会像汤汁一样落到地上。

那时候，我的眼泪的确是流出来了，而男孩也应当看见了，我想应该是的。不然何以男孩会站起来，并朝我走来，就像变戏法一样，他不知从哪里拿出了两个崭新的、洁白的、紧紧贴在一起的大大的塑料袋，小心翼翼地揭下一个，又往手心里啐了一小口唾沫，把揭下的那一个塑料袋夹在两手中间，使劲搓了搓，对着塑料袋开口的中间又使劲地吹了一口气，白色的塑料袋就这样变成了一个像猪膘一样的白球球。男孩将白色塑料袋撑得大大的，摊向我的面前。我看到了救星，连忙将我手中的红色塑料袋放进白球球的肚子里。我又小心翼翼地，像接过一个婴孩一般，从男孩的手里接过白色塑料袋。我不再慌了，因为男孩似乎把我当成了朋友，请我坐到吹唢呐的桌子旁，并拿着红杉树的烟盒轻轻一颠，颠出一支白嫩嫩的香烟，示意我拿去抽一口，我摇头拒绝了，我还不会抽烟。当我坐到吹唢呐的桌子旁的刹那，我立马挺直了脊梁，因为在我看来，能坐到唢呐班的桌子上，是一种荣誉，不是谁随随便便都能够坐的，谁也不能，天王老子也不能，只有吹唢呐的师傅才能。

我坐在桌子旁，看着和自己年龄相仿的男孩，觉得离他很近很近，近得我已能完全看破他的样子，却又觉得离他很远很远，缭绕的烟雾似乎把我们分在了两个世界。虽然，一开始看到他抽着烟，跷着二郎腿把他当作了一个小大人，但是当我真正地、仔细地去看他的时候，却发现，他不过是一个和我差不多大的孩子。尽管他和我的年纪相仿，但男孩告诉我他很早就拜师学艺了。当然，我很明白他的话的另一种意思，他早就不上学了，或者可以说，他根本就没有上过几天学。没上学能干什么？可以吹唢呐啊！他很早就拜师学艺了啊，现在已经出师了。上了学能干什么？不知道，说不准。

但是学无止境啊！上完小学，上初中，上完初中，上高中，上完高中，上大学，读完大学依然可以再向上读。还有活到老，学到老。

那吹唢呐呢？出师就可以跟着年长的师傅接活了，男孩已经出师有一段时间了，拿到的报酬越来越多。年长的师傅年纪越来越大，而男孩虽然年纪越来越长，却也越来越有活力。十里八乡以后的红白喜事要仰仗的可就是男孩这样的了，所以，男孩告诉我他的地位越来越高。渐渐地，事上的主人家都会偷偷地塞给男孩两包好烟，希望他能给卖力地吹。

男孩的确卖力地吹了，所以拿得也就越来越多。因为拿得越来越多，男孩吹得也越来越卖力，自然而然，名号也就越来越响了。名号吹得越来越响，知道男孩的人也就越来越多，知道的人越来越多，渐渐地竟也会有人提到男孩的婚事了。

不要惊奇！在农村，如果谁家的儿子有一门好的手艺，媒人就会早早地登门拜访，夸赞哪家的女儿最好，漂亮又能干。如果这个媒人腿脚勤利些，跑不了几次，亲事大抵就可以定下来了。这倒不是因为媒人有多勤利的关系，媒人只是媒介，亲事能够说成，就是这个媒介把男孩的手艺是多么好、男孩已经为家里挣了多少钱的信息，完完全全地传递到了女儿父母的心坎里。

所以，虽然男孩离真正地成人还有几个年头，但因为他吹唢呐的手艺，家里已经早早地为他预备了一桩好的婚事。虽然年纪还不可以结婚，但是男孩的父母是想早点让男孩结婚给自己生孙子的，只要到了法定结婚的年龄，认缴一些罚款，再把结婚证办下来就可以了。农村里大多数都是这样办的，大家都习以为常，见怪不怪了。男孩家这样想，但是女孩家却不同意。说的是女孩太小，还要再等两年。这只是面儿上的漂亮话，真正的原因谁都知道，多等两年，就意味着男孩就要多往女孩家走两年亲戚，走亲戚就意味着每次要带许多东西，这许多东西不是东西，是钱。女孩就在我们村里，大家都明白，农村里的谁都不是特别好过，女孩还有弟弟要上学，这两年来往的东西，总够女孩家很长时间的吃食。男孩明白，但是男孩看上女孩了，所以也就没有介意多等两年。女孩长得很漂亮，也很聪明，也很能干，要不是家里不好过，也不会很早就下学去做工了。毕竟还有一个弟弟要各项花费，学费，以后要盖的房子，以后要娶的媳妇，万一考上大学，也是很大的一笔费用……所以，女孩早早就与男孩定下婚事了。

男孩告诉我这些的时候，我还都不是太懂。但是，男孩把头靠到我的耳边告诉我，他摸过一次女孩的屁股并且感觉很好的时候，我就像被电击了一下。原来，吹唢呐还有这样的好处，可以早早地摸女孩子的屁股，这是我不曾想到过的。

我想若是我也能够学习唢呐，也就一定能够像男孩一样可以早早地挣钱；我卖力地吹唢呐的话，也一定能够拿得越来越多；拿得越来越多，我也会越来越卖力地吹；愈是卖力地吹，知道我的人也一定会越来越多；知道我的人越来越多，也一定会有人为我定下一桩亲事了。而如果我能够有一桩亲事的话，我也一定可以摸女孩子的屁股了。那么，是不是也会有很好的感觉？这些都很重要，也都不重要。重要的是，我想如果我可以吹唢呐的话，一定可以坐在唢呐师傅的桌子上，而那桌子上一定有一桌子吃不完的鸡鸭鱼肉。

如果我能经常给家里带来吃不完的鸡鸭鱼肉，我想，母亲是可以让我去吹唢呐的了吧!

　　但是母亲并没有。母亲不仅没有允许我去吹唢呐,而且再也没有允许我去事上等着别人吃完,就站在宴席的边上,眼睛巴巴地看着吃宴席的人,希望他们不要吃得太多,祈祷他们能留下来什么,把蒜薹肉丝里的蒜薹、牛肉烧豆腐里的豆腐一根根、一块块地挑拣出来,小心翼翼地放到塑料袋里,一直到收拾碗筷的师傅再三催促的时候,才依依不舍地离开,带着总还算不错的收获,去慰藉早已等在路口的弟弟和妹妹。

　　男孩给我的烧鸡,我自以为是一个巨大的诱惑,母亲不会不动心。但当我得意扬扬地掏出烧鸡,居高临下地等着母亲答应我去学习唢呐的时候。母亲只是用笤帚把我打了半死,边打边骂,骂我是下三烂,骂我没出息,骂我要好好学习。被母亲打了之后,我再也不敢提学习唢呐的事情,转而努力学习了。因为努力学习的结果是我得到了很多的奖品,每当我得到那些奖品的时候,我就发现大家看我的目光和看吹唢呐男孩的目光几乎是一样的,当然还有一点不一样,那就是,大家看我的目光似乎比看男孩的更柔和一些,我想他们是看到了我的奖品吧!就像我看到了男孩桌子上没有吃完的鸡鸭鱼肉一样。

　　母亲没有允许我去学习唢呐,还剥夺了我唯一的特权,转而自己亲自去事上,等在吃宴席的人的身边,眼睛巴巴地看着吃宴席的人,希望他们不要吃得太多,祈祷他们能留下来什么,把蒜薹肉丝里的蒜薹、牛肉烧豆腐里的豆腐一根根、一块块地挑拣出来，小心翼翼地放到塑料袋里，一直到收拾碗筷的师傅再三催促的时候，才依依不舍地离开，带着总还算不错的收获，去慰藉早已等在路口的弟弟和妹妹。当然，还有我。

我站在路口，看着母亲小心翼翼地挑拣宴席上的残羹冷炙的时候，心里突然感到一阵痉挛，转而是一阵恶心。就在那时，我开始疑惑了：母亲是不是应该早一点剥夺我那唯一的特权，也把那权利从自己身上剥夺呢？我一直没有问母亲，因为我看到了身边的弟弟妹妹，而弟弟妹妹已经把答案告诉了我。

母亲把我的唢呐梦给打破了，而且也并没有费什么力气，只不过打断了一根细小的笛帚。但是，母亲却又让我重新为自己编织了一个更美丽的梦。

我开始更加努力地读书，在书中聆听那悦耳的唢呐声。书中自然没有唢呐声，是村里的那个女孩和男孩已经要结婚了。几年的时间，在谁看来，也都是很长的，最起码也是不短的。但是时间似乎很喜欢和别人开玩笑，一眨眼的工夫就过去了。

男孩在队伍前面走着，逢人便递上一根香烟，我远远地望着那香烟，似乎比红杉树还要高档。当然了，男孩已经组建了自己的唢呐班子，在十里八村已经是一个响当当的人物了，所以，男孩也不应当再抽红杉树了。男孩一路走来，一路恭恭敬敬地递上香烟，谁也没有落下。当我意识到男孩在我面前的时候，男孩已经将香烟递到了我的跟前。我虽然不抽烟，但还是小心翼翼地接下了那根香烟，因为不接别人递来的烟，只有一种情况，是仇人。我和男孩当然不是仇人，我们是朋友。虽然我们的交往并不多，但是我心里一直把男孩当成自己的朋友。我想男孩肯定也是和我一样的。

男孩年纪很轻，但是已很老到。我虽和男孩年龄差不多，但是在男孩面前，我总像是比他小了几岁似的。所以，男孩在我的跟前并没有像以前那样告诉我他摸女孩屁股的事。在他递烟的那一刹那，他只说了一句话，我不知道他是跟我说的，还是自言自语。

"女孩肚子大了。"

男孩说这话的时候，似乎不情不愿。看到他的不情不愿，我开始有点嫉妒。我开始又想起了自己的唢呐梦。

我要是学习了吹唢呐，那么，现在的新郎是不是就是我了？女孩肚子里的孩子是不是也就是我的孩子了？是不是？

没有是不是的假设，因为时间过得总是飞快，根本不会给我们假设的机会。

假设我当时实现了自己的唢呐梦的话，也许就不会考上大学了。

当我再回来的时候，已经有了一份体面的兼职工作，收入虽然算不上不菲，但是总让母亲、弟弟妹妹有了好的吃食。虽然我没有成为技艺高超的唢呐师傅，却也在村子里出了名。这是我所始料不及的。

而更让我始料不及的是，当我再回去，与母亲、弟弟妹妹路过事上正在摆筵席的时候，我看到男孩的唢呐班已经易主了。男孩吹不动唢呐了，男孩得了哮喘，有人说是遗传，有人说是因为吹唢呐吹的。我当然也不懂这究竟是为什么。

　　没有看到男孩，但是我却分明看到了女孩。女孩已经不是女孩，而已经变成了女人，怀里抱着一个不是太大的孩子，跟前跟着一个大点的小男孩。我想，这是男孩的孩子啊！看到女孩的时候，她们娘仨正等在吃宴席的人的身边，眼睛巴巴地看着吃宴席的人，希望他们不要吃得太多，祈祷他们能留下来什么，等结束的时候，把蒜薹肉丝里的蒜薹、牛肉烧豆腐里的豆腐一根根、一块块地挑拣出来，小心翼翼地放到塑料袋里……

　　女孩带着男孩的孩子收拾好已经装得满满的塑料袋，小心翼翼地往前走着，走到唢呐桌子旁时，男孩趁唢呐师傅不注意，把那根在烟雾缭绕中愈发显得妖娆的小唢呐拿了起来，"嘟嘟"地吹了起来，还挺有模有样，就像那个时候的男孩。

　　我想，若是我当时学习吹唢呐了，现在又会是什么样子呢？

米元宝

米元宝死了。

米元宝死在了自家的柴火房里。

米元宝是吊死在自家的柴火房里的。

吊死米元宝的不是别人，是米元宝自己。

米元宝上吊了。

快要入冬的时候，米元宝总是喜欢腌制很多的咸鱼，并把它们一条条挂在木棍上曝晒，为过冬做准备。只是他自己现在成了咸鱼，被晾在柴火房里的房梁上。当屋子外的风吹进屋子内，并掠过那根挂着米元宝的带子，米元宝就轻轻地荡了起来，就像很悠闲似的。只是那根挂着米元宝的带子却并不是悠闲的样子，不仅不悠闲，而且已经摇摇欲坠了。这是米元宝没想到的。

但是米元宝的确是想了很多的。米元宝想到了在外求学的一双儿女，想到了辛勤的妻子，想到了地里的两垄白菜，想到了家里的三只大鹅，想到了家里的八只鸡，米元宝想到了自己的尘肺病，想到了无法得到的下井工作，想到了自己需要一根可以挂起自己的带子。

米元宝跑进堂屋，从高低柜的抽洞里拿出了一叠整整齐齐的白布。有很大一块的，那是妻子准备给儿子重新做一床被子的里子；有很小一块的，米元宝想以后妻子纳鞋底的时候，也许可以用来做图样用；还有一条长长的白布，论质地、论长度都非常适合用来上吊，就跟电视里那些上吊的人用的白绫一样，很合适很合适。但是，米元宝忽然想到，过年的时候，也许这么一块长条的白布可以裁剪一下，做出一方干净的、用来盖馍馍的笼布。想到这儿，米元宝就把拿出来的一叠白布又原模原样地归置好，重新放进了高低柜的抽洞里。

没有合适的用来上吊的带子，那么就选择其他死法吧。用刀吗？万一攮不死自己，老婆孩子岂不是又要把自己送去医院，老婆孩子会受连累啊。跑到老林子里去，自生自灭？那老婆孩子、亲戚朋友还不是会天天找自己，那以后的日子还有什么心情去过？去跳河吧！跳完河，等自己从河底漂上来，自己的样子岂不是面目全非？身体发肤，受之父母，这又怎么对得起自己死去的父母？

那么，只有上吊了。上吊死，死得干净利落不会拖泥带水。上吊死，可以留个全尸。但是，上吊的带子呢？去哪里找呢？米元宝有点着急了，因为他知道，再不死，就真的来不及了。

他必须死。

他死了，老婆孩子难受一阵子；他不死，老婆孩子跟着难过一辈子。

要死，要死，要死。米元宝从里屋跑到柴火房，又从柴火房跑进里屋。但是家里就这几间房子，这几间房子总共也就那么几件放东西的破旧家具，里里外外、边边角角，米元宝翻了很多遍了，就是没有找到一件没什么用处，又可以让自己用来上吊的带子。

米元宝一屁股坐在了柴火房里的稻草垛下面，顺手抽下了两根稻草揉捻着。不知不觉，米元宝就把两根细细的稻草捻成了一根细麻花似的绳子。米元宝心里有主意了。

米元宝在捻好的绳子后又接上了两根稻草，慢慢地把它们捻在了一起，捻成了一股较长一点的绳子。这么细的绳子要想吊死一个成年男人，即使是一个干瘪的男人，也做不到。但是这样一根绳子如果被用来作腰带，固定一条裤子，那就绰绰有余了。

米元宝解下了自己的腰带，当然那也不能算作是一条腰带，只不过是一条用了很久而已经黑得发亮的粗布条子，米元宝至今还记得，这条腰带在自己得尘肺病之前就一直在用着了，已经差不多用了五六年了吧。米元宝没有想到，自己的腰带原来还会有那么大的利用价值。想到腰带的巨大利用价值，米元宝就情不自禁地把自己粗糙的脸庞贴在了自己的腰带上，米元宝在腰带上感觉到了自己的体温。米元宝第一次觉得原来自己的腰带是那么温暖、柔软，柔软得让他不舍得把腰带放下。

而这腰带也似乎不舍得主人似的，紧绷着，牢牢地把主人拽着，生怕主人从自己这里掉下去而摔死似的，只是腰带不知道，它的主人已经死了，就死在了它的怀里。伴随着屋外吹进来的风，轻轻地荡漾着，怡然自得的样子。

没有人见过米元宝怡然自得的样子，米元宝总是着急忙慌的。米元宝忙着干活，忙着养活老婆孩子，忙着攒钱给孩子上学用，忙着在矿井下面把一车车的煤炭送往地面，送往大城市。就是这么忙着忙着，米元宝变得愈发地干瘪了，越来越像一条咸鱼，只有眼睛努力地睁着以证明他还像一个人。

米元宝跪在医生面前的时候，就觉得自己不像一个人了。米元宝哀求医生给自己开一张假的健康证明，有了这个健康证明，自己就能继续下矿挣钱了。但是医生是白衣天使，天使不会与他这样像一个人的人同流合污。白衣天使给他开了证明，证明他得了尘肺病，证明他以后再也无法花大力气挣取小部分钱，证明他以后将成为老婆孩子的累赘，证明他的老婆孩子以后再无翻身之日，只能拖着他艰难地、勉强地过活。

但是，现在一切证明都证明不了什么了。因为，米元宝死了。怡然自得的样子，轻轻地荡漾着。

　　米元宝的妻子从没有见过丈夫那么怡然自得，就像一个孩子，调皮地荡起了秋千一直不愿下来，怎么喊都不应。

　　米元宝的妻子发出歇斯底里的哭喊声，但是米元宝还是轻轻地荡漾着，不给予任何回应。米元宝妻子歇斯底里的哭喊声没有喊醒米元宝，却惊动了前前后后的邻居。她们来不及解下身上的围裙，来不及将猪食倒进猪圈的猪食槽子，来不及准备好情绪，就来到了米元宝的家。

　　她们的到来给米元宝的家带来了更大的哭声，她们的哭声甚至压过了米元宝的妻子。

　　现在死的是米元宝，谁又敢保证下一个不会是她们的丈夫呢？她们的丈夫正在从事着米元宝死之前从事的工作。

　　她们是在哭米元宝的死，是在哭米元宝妻子的命运多舛，更是在哭自己。她们与米元宝妻子一样，她们的丈夫也与米元宝一样。

　　唯一不一样的就是，米元宝已经死了。上吊死了。像一条咸鱼一样，晃晃悠悠地，在他自己的腰带上耷拉着脑袋。耷拉着的除了米元宝的脑袋，米元宝的稻草绳腰带也耷拉着，因为有点长的缘故。等米元宝的一帮邻居七手八脚地把米元宝从他的腰带上解救下来的时候，米元宝的身体已经有点硬了，而那根沾染着米元宝体温的腰带也早已经冰凉。

　　"他大哥有一口棺材吧？先去借来给元宝用吧。"围裙女人拉着米元宝的妻子，劝她节哀，也提醒她米元宝的身后事现在才是最重要的。

米元宝的妻子没有听到似的，只是把那根还挂在房梁上的腰带给解了下来。她慢慢地跪在米元宝的身边，小心翼翼地将米元宝身上那根黄色的稻草绳给抽出来。她把干瘪的米元宝抱起来，一只手扶着，一只手将米元宝原来的腰带又重新给他拴上。

"这样才行，稻草绳系在腰上也不顶用啊！"米元宝的妻子望着手里抽出的稻草绳，紧紧地抱住米元宝，紧紧地把米元宝拥入自己的怀里，米元宝的脸就紧紧地贴着妻子的心胸，但是他再也感受不到妻子的温柔了。

然后，又是一声撕心裂肺的哭喊。再然后，米元宝的妻子就昏过去了。

等米元宝的妻子醒过来的时候，一双儿女已经从几十里路外的中学被接回来了，他们已经不再哭了，因为他们的嗓子已经哭得失声了，他们就呆呆地站在母亲的床边，手里拿着父亲留下的最后一件东西——尘肺病的诊断报告。在米元宝一双儿女的身后又站着一群老弱病残，他们中还有人在"嘤嘤"地哭。

米元宝已经被放进从他自己大哥那里借来的棺材里了。棺材上雕刻着一条龙，张牙舞爪，怒目圆睁，生机勃勃的样子，好像要从棺材上飞下来似的。

米元宝的大哥，一个六十多岁的老瘸子正在指挥几个老娘们儿烧鹅杀鸡。米元宝死了，但是事情还没有完。活着的米元宝不舍得吃掉他的鸡和鹅，但是，死了的米元宝却是需要祭品的，忙下的人们也需要食物。

米元宝想了很多，却还是有许多没有想到的东西。他不舍得拿来上吊的白布，没有给儿子做成新的被子，而是被拿来做成了孝服。米元宝辛苦喂养的鸡鹅，没能够改善家人的生活，却成了筵席上别人的一道菜，更没有想到他的棺材却要一帮老弱病残来帮忙抬着出殡。

米元宝被装进了漆黑的棺材，而那些村子里的青壮年却被装在了暗无天日的矿洞中。这些青壮年虽然活着，却和米元宝一样。只不过米元宝没有了体温，他们身上还有一点温度而已。

米元宝的棺材因为质地的原因，并不沉重，但是对于搬弄这口棺材的一帮妇女来说却如同泰山压顶一般，不仅沉甸甸地压在她们的肩膀上，还死死地压在她们的心窝子里。米元宝已经死了，可是她们不知道下一个装进这样棺材的男人会是谁，也许自己的男人是最后一个，也许第二个就是。因为他们和米元宝从事的工作一样，米元宝得了尘肺病，他们的男人也一样面临着尘肺病，面临着更加危险的失业，面临着成为家庭的累赘。但是，她们现在很镇定，她们知道现在不是怨天尤人的时候，上吊死的米元宝要尽快出殡，既是对米元宝的负责，也是对米元宝妻子、儿女的负责。在家里多放他一日，就多一道忧伤，人死了就是死了，再也活不过来了。

她们没有男人们的一把子力气，但是她们拿出了和男人们一样的力气。她们的男人正在矿洞里，像老鼠一样，穿来穿去，几个人，光着膀子，搬弄着一车一车的煤炭，粗重地呼吸着矿洞中污浊的空气。粗重的麻绳牢牢地拴着米元宝和他的棺材，妇女们分成了两排，她们左右各四，两根棍子，就将米元宝和他的棺材压在了这八个妇女的肩上，她们也粗重地呼吸着山里新鲜的空气。她们步步为营地抬着，似乎米元宝也是她们的丈夫。

　　村子在半山腰上，虽然棺材不是特别沉，但是对于一群妇女来说，想把棺材抬到山上的墓地却有如登天难。所以，大家在出殡之前就已经决定，米元宝的坟墓就选在他自己家门口不远处的一方田地里，那是米元宝的田，死后葬入也是理所应当。但是唯一不足的就是，那方田地正对着米元宝的家。众人犹豫的时候，米元宝的妻子说了话："就葬在那里，元宝天天看着我们，我们也天天看着他。"

　　众人默然，这是最好的办法。村子里实在找不出有把子力气的壮年了。

　　所以，虽然是很艰难，却也是顺顺当当，米元宝就躺在了自己的田地里。

　　"元宝，你把眼睛闭上吧！"米元宝妻子的声音久久地回荡在山里，久久地没有散去。

　　米元宝的儿女扑在坟茔上，嗷嗷地哭着，但是眼泪再也流不出来了。

坟茔前头摆放着米元宝不舍得吃的鸡，一整只，上面还撒着几点葱花，鸡的尾巴还留有几根毛，在风中，摇摆着。还有米元宝大哥贡献的一瓶酒，孤零零地站立着。

众人已经渐渐地退去，最后只剩米元宝的妻子、米元宝的儿女，三个人。她们围在米元宝的坟前，用一根腐朽了的木棍挑着米元宝坟前正在燃烧的纸钱，纸钱越烧越少，火光也越来越弱，米元宝的妻子突然将那根稻草绳子连同那张尘肺病的诊断书扔进了火堆，火光一下子蹿得老高，转瞬又没有了。

米元宝的妻子用指甲抠下一小块鸡皮扔向米元宝的坟头，又把一瓶酒全都倾倒在米元宝的坟茔前。颤巍巍地站了起来，两只手一边一个，挽着一双儿女，女儿怀里抱着那只刚刚用作米元宝祭品的鸡，儿子手里拿着空酒瓶。三个人，慢腾腾地挪着步子，朝着家门的方向走去。

用冥币堆砌起来的火堆也终于慢慢地熄灭了，但也有一些余烬。还有一张白纸没有被完全烧掉，上面尚有一些潦草的文字，被风一刮就飘到了空中，晃晃悠悠地，似乎又要飞回村子。

大地又再次安静了，村子一片安静和谐。家家户户都关上了门，亮起了灯，飘起了袅袅的炊烟。

夜，终于慢慢降下来了。

米元宝和他的坟茔一起睡在了夜里。

小武哥

小武哥从淞滨路地铁站出来的时候，看到地上有一团被人丢弃的卫生纸，就在出口过道的正中间、墙角垃圾桶的不远处。一个长发飘飘的年轻女子，走在小武哥的前面，挽着一个男人的手臂。年轻女子快要走到那团白色卫生纸前面的时候，小武哥看到，年轻女子轻轻地抬起了她那白皙苗条的大长腿，慢慢地越过了那团白色卫生纸。

小武哥看到被挽着手臂的男人，另外一只手原来还放在口袋里，女子抬腿的瞬间，他的手已经放到了女子的臀部。女人没有拒绝，而是继续和男人有说有笑。小武哥想，他们应该是男女朋友吧。想着，小武哥也走到了那团卫生纸跟前，小武哥蹲了下来，用两根手指将卫生纸给捏了起来，一丢，卫生纸在空中划过一道弧线，不偏不倚落在了垃圾桶里面。

小武哥一边走，一边伸手去自己的口袋里掏钥匙，他的车子放在地铁站下面的自行车停车棚。他已经连续丢了两辆自行车了。小武哥以为这年头不会再有人看得上自行车这种交通工具了，不承想，他花钱买的两辆自行车，接连被人偷走了。小武哥一咬牙，在买第三辆自行车的同时，给自行车配了一个身价不菲的液压锁。

小武哥跟着人流走到停车场的时候，看到自己的车子不知道因为犯了什么过错被人从车棚里丢了出来，那把由不锈钢精制而成的液压锁也沾上了许多灰尘。小武哥有点愠怒了，他觉得自己的自行车，就像一个被调戏了的少女，在大街上，被人围观。小武哥看到不时有人从自己的车子跟前走过，但并没有任何人愿意伸手去扶它一把，让它站起来。

小武哥放慢了自己的脚步，让自己与这个快节奏的城市拉开了距离。下了班的白领们，从地铁下来的时候是乌泱乌泱的，四散而去的时候，也是乌泱乌泱的，不一会儿，人都不见了。偌大的停车场便只有故意不走的小武哥了。小武哥看到周围都没人的时候，才迅速走到了自己的车子跟前，从口袋里拿出钥匙，迅速地给自己的车子解除了枷锁，并把它扶了起来。

小武哥双手扶着车把，双眼四处张望，看到停车场基本上已经没有人了，只有远处几个开锁拿车的人，但是小武哥觉得，他们应该不会发现自己。小武哥一边想着，一边抬起了自己的一条腿，来了一个后蹬腿，一脚就将自己旁边几辆还未有人来取、整齐排在一起的自行车，给踹倒了。手机是这个时候响起来的，突然听到电话铃，小武哥吓了一跳，毕竟做贼心虚。电话是一个陌生号码，但是没有被标记，小武哥按了接听键，电话那头是个中年男人。你是不是任小武？是，你是？我是房东。什么房东？你租的房子就是我的。哦，请问什么事？小武哥问。二房东已经开始拖欠我房租了，如果他再不给我房租，你就得搬走。对不起，那是你和二房东的事情，我已经交了一年的房租，你要找就去找他。房东还要说什么，小武哥直接把手机挂断了。小武哥觉得，自己有合同，交了钱，没什么可说的，自己理直气壮。

小武哥挂了电话，看着倒在地上的自行车，以迅雷不及掩耳之势登上了自己的车子，飞快地从停车场里骑了出来。小武哥觉得自己的心情舒畅一点儿了，总算给自己的自行车报仇了。

小武哥一边骑着，一边欣赏着旁边公交站上的人。小武哥觉得自己虽然骑的是自行车，但是自行车也是车啊，要比那些连自行车都没有的人好一些。人比人，气死人，但人比人，有时候也能让自己找补回来。

小武哥看到，刚刚碰到的那对男女也在公交站台等公交，只是那男的手已经从女子的屁股上拿走了，相反，女子的手却又钩在了男人的腰带上。

小武哥认出了男人腰带上的那个字母，那是爱马仕的标志。小武哥去逛商场的时候看到过，标价有的 6000 元，有的 10000 元，还有的 10000 多元，小武哥刷淘宝的时候，也看到过，有的卖 60 元，有的卖 200 元，还有的是 9 块 9 包邮。

小武哥骑着自行车，看到前面的红绿灯是红色的，放慢了速度。这个时候小武哥看到，一个穿着蓝色制服、骑着电动车的外卖员似乎没有停下来的意思，小武哥知道，对于城市里的外卖员来说，时间就是金钱。小武哥还看到，有一辆拉水果的皮卡车正在按照正常的行驶路线，加速转向驶出十字路口。他们都是同时行进的，但，谁也没有注意到谁，至少穿蓝色衣服的外卖员，左右瞭望的时间太短，没有注意到，更没有预测到会从他的另一边杀出来一辆皮卡车，因此就闯红灯了。说时迟，那时快，皮卡车想要刹车的时候已经来不及了。小武哥猜测皮卡车肯定是一个急刹车，因为随着一声尖叫，小武哥离得那么远，还听到了"咣当"的一声。

小武哥加紧了自己的速度，虽然前面的红灯还没有消失，但是，小武哥想看看那个穿着蓝色制服的外卖员到底怎么样了。小武哥骑着车到达十字路口的时候，目光在地上搜索了好久，也没有看到那个穿着蓝色制服的外卖员，就连外卖员的电动车似乎也像是凭空消失了似的，只有那辆皮卡车，像是非洲大草原上被狮子放倒的大水牛，一动不敢动地躺在十字路口的柏油马路上，皮卡车上面拉的都是一筐一筐的水果，西瓜、橙子、榴莲，现在水果也散落了一地。

小武哥放弃了，因为自己眼前的红灯已经变成绿色了。小武哥用力一蹬，自行车开始穿越十字路口，但是小武哥还是不死心，向歪倒在地上的皮卡车张望。小武哥终于看到了蓝色，被榴莲包裹着的蓝色，被红色包裹着的蓝色，西瓜摔到地上已经露出了红色的瓤。小武哥看到的蓝色，只是一个露在外面的肩膀。小武哥不敢再往下看了，只能让自己的目光飘一些，他看到十字路口另一边的人，也看到了绿色的灯，他们正加速驶过十字路口，但他们谁都没有停下来的意思。就连他们的目光也没有停留许久，因为他们还要看前面，走自己的路。

　　小武哥也不敢多看了，看到地上摔得粉碎的西瓜，小武哥想到了自己小时候一次吃猪肉的经历。小武哥出生在一个偏僻的乡村，小武哥记得，自己小时候只有过年才能吃上一次猪肉。但是因为那个暴风雨的傍晚，自己足足吃了一夏天的猪肉。那头猪，当然不是被宰杀的，而是因为喜欢到处乱拱，那几天偏偏刚下过雨，无论是土地还是墙头都处处透露着松软。也是那头猪命不好，本可以多活一个夏天，却因为自己用鼻子去拱墙根，导致那面墙在暴雨过后轰然倒塌，一面墙的重量都压到了它身上，只有一只猪脚露在外面。等到小武哥和家里的人一起将墙头的砖块都收拾好的时候，他们才看到那头猪已经被砸瘪了，猪大肠都从猪的肚子里流了出来，而猪大肠里面的猪粪混合着各种液体，也流了一地。小武哥从小是最爱吃猪大肠的，他喜欢猪大肠的那股臊味，但是那次家里人没有让他吃，因为猪大肠破裂了，猪粪都流了出来，把肠子外面都给污染了，想要再洗干净，把味道给祛除是不可能的了。虽然没有猪大肠可以吃，但是那个夏天对小武哥来说，依然是自己童年中最充实的一个夏天，因为整整一个夏天，小武哥都在吃猪肉。而小武哥腌制各种肉类吃食的本事，也源自于那次家里人为他腌制了一整头猪的遥远记忆。

小武哥想到这儿的时候，想起来自己已经好久没有正儿八经吃上鱼肉了，想到这里，小武哥骑着车子拐了一个弯儿，先去了菜市场。工作日因为要上班暂且不论，即使是周末，小武哥也不会在早上去菜市场，虽然在早上所有的菜都是最新鲜的，但同时小武哥也知道，早上菜市场的菜也是最昂贵的。但是下了班之后去，菜市场蔬菜的价格是可以使劲砍的。

小武哥到了菜市场的时候，有很多摊位已经开始打烊了，小武哥就在这些还没有离去的菜贩子中间寻找属于自己的"猎物"。小武哥牵着自己的自行车，穿梭在菜市场里，一个正在收拾摊位的鱼贩子引起了小武哥的注意，因为小武哥看到鱼贩子一边收拾摊子，一边依然不忘时不时地喊出一句，还有一些鱼，有谁要的吗？听口音，像是北方人。鱼是一整天没有卖出去的小野鲫鱼，小武哥心一横，和鱼贩子经过一番讨价还价，准备花50元钱把死鱼都给包圆了。小武哥准备把这些臭鱼腌制起来，晒干，可以蒸着吃清蒸鱼干，炸着吃油煎咸鱼，用水泡了还可以做炖鱼……

小武哥用鱼贩子给的一个别人丢掉的猪饲料袋装鱼的时候，突然被那一堆死鱼里面中间部分的鱼给熏到了。小武哥蹲到地上，用手把两边的死鱼扒拉开，发现中间的鱼好像还活着，因为他看见中间的鱼似乎还在动。小武哥是个近视眼，他心想自己这下可赚了，花的是死鱼的钱，竟然买到了活鱼。小武哥捏着鼻子又使劲往前凑了凑，他想看清有多少活着的，只是他越靠近鱼堆中间，却越是有恶臭扑面而来。小武哥看清楚了，鱼是死的，鱼的身体是活的。苍蝇在鱼的身上抱了窝，不是鱼在动，是鱼肚子里的蛆在动，它们就像是等待生产的孩童，使劲地折腾着母亲的身体，终于小武哥看到一团白花花的、涌动着的蛆虫，从鱼的肚子里浩浩荡荡地滚了出来。这些蛆虫在鱼肚子里已经孕育很久了。

　　小武哥不再往前凑了，他的脸上露出了久违的笑脸，老板，这鱼我不要啦！爷们儿，咱们说好的，可不带反悔的呀？鱼贩子放下了手中的活计，冲着小武哥走了过来，一派准备打架的架势。大哥，我买的是死鱼，这鱼你说要是臭了、糟了，我都认，谁让咱买的是死鱼呢？但是这鱼要是生了蛆，您说我咋要？是这么个理吧？小武哥将装进饲料袋的鱼都统统倒了出来。哎，爷们儿，我马上要收摊了，我不是说非得卖给你，哥哥我这一车东西，实在是没地儿放啦。你看这样行不行，你把生蛆的鱼都挑出来，扔了不就完了。价钱嘛，好商量，你给我20元钱就好了，算是给我一份车油钱。光着膀子的鱼贩子搓了搓手，将嘴里的烟蒂丢到了地上，又踩了两脚。

　　小武哥说，15元钱，再多不行了。行吧，鱼贩子倒是爽快地答应了。答应的那一刹那，小武哥有一丝丝的懊悔，自己还是把价格说高了，看样子自己出10元钱，这些鱼也是能够买到的。不过，小武哥花了15元钱，买了平时要花100多元钱才能买到的等量的鱼。只不过是一堆死鱼而已。小武哥想，死鱼又怎样？还不是一样吃？不是有一道名菜就是臭鳜鱼？有钱人是把好好的鱼弄臭了再吃，没钱人直接买臭鱼吃，殊途同归。人嘛，甭管你有钱没钱，不都两个肩膀扛一个脑袋？想到这里，小武哥的心里稍稍有些平复了。

　　小武哥把刚刚被自己倒在地上的鱼又重新装了回去，只是那些刚刚被小武哥无比嫌弃的生了蛆虫的鱼，小武哥依然没有放弃它们的意思，小武哥随手拿起地上被人丢弃的塑料袋，裹在自己的手上，用手将那些蛆虫全部给撸去，而鱼，还是被小武哥给丢进了猪饲料袋子里。等小武哥收拾妥当，站起来的时候，才发现鱼贩子不知道什么时候已经走了，而自己周围的很多摊位也都已经人走摊空了。小武哥本想让鱼贩子帮自己把袋子放在自行车后座上，这下只能靠自己了，虽然也不沉，但是小武哥不想弄得全身都是臭鱼味，因为晚上小武哥还想到小媛那里去坐坐。

　　小武哥想着小媛的时候，小媛突然打了一个喷嚏。小媛想这肯定又是谁在想自己了，不然自己也不会打喷嚏。每次打喷嚏，小媛都会想，难道是家人想自己了吗？小媛还没到这个城市的时候，在那个尽是穷山恶水、泼妇刁民的山村的时候，自己一打喷嚏，母亲就会告诉她，是她那个在外打工的爹挂念她了。小媛问，这是为啥？母亲告诉小媛，一个人想另一个人的时候，被想念的那个人就会打喷嚏。小媛每次都问母亲，爹啥时候回来？母亲告诉她，快了吧。过年的时候，就能见到他了。小媛有点不高兴了，气鼓鼓地对母亲说，去年也是这么说的，前年也是这么说的，到了过年的时候，还是没有见到爹回来。小媛的母亲告诉小媛，今年你爹一定得回来了，要是再不回来，过了年，开春你弟弟到镇上上初中要交的学杂费、书本费还有伙食费可就没着落了。小媛说，我上高中的钱就有着落了？小媛母亲没有回答小媛的问题，只是看着外面飘飞的雪花，回到了厨屋里，小媛就坐在自己家堂屋的门槛上。小媛清楚地记得，那天下午是自己喷嚏打得最多的一个下午，每打一个喷嚏自己都会数一下，一共数了7次，所以自己总共打了7个喷嚏。小媛那天下午想，爹想了自己7次。小媛母亲听到小媛一个劲儿打喷嚏，从厨屋里又转了出来，告诉小媛回屋去床上猫着，一个劲儿打喷嚏，别是要感冒。小媛突然回头望着母亲，你不是说是爹想我，我才打喷嚏的？小媛母亲告诉她，就算想你，打一下不就得了，哪会打那么多喷嚏？小媛告诉母亲，想一下打一个喷嚏，自己打了那么多喷嚏，一定是爹想了自己很多次。

　　小武哥把买的臭鱼收拾妥当，没有骑上自行车，因为他一只手要把着车，一只手要扶着自行车后面袋子里的臭鱼，他住的地方是上海20世纪70年代建的小区，整个小区以老年人居多，距离淞滨路地铁站大约十分钟的距离，离这个菜场很近，所以，小武哥权当是让自己欣赏风景了。

小武哥从一所普通的本科院校毕业之后，就住到了这里，在这一片区，他已经住了两年，换了三份工作，搬了五次家。他想再坚持一下，看看工作有没有什么起色，不到万不得已，他还是想留在这里，北上广深虽然不相信眼泪，但是相信能力。小武哥也曾想，像自己的朋友和同学们一样，退居到二线城市，考一个编制或者事业单位，拿个铁饭碗，但是小武哥觉得自己不能就这么回去，即使有一天要退居二线城市，他想，自己也一定要功成名就、衣锦还乡。那时候，他要在大城市买一套房子，房子可以不大，但是一定要有，他还要买一辆车子，而且一定要上沪牌，找一个年轻靓丽的女朋友，开着车回自己的家乡，让他们看看，小武哥开着车带着女朋友回来了。

小武哥推着车子，从小区的大门进来的时候，门口一处小花园的空地上，还有好几桌搓麻将的老人在搓麻将，他们对小武哥已经很熟悉了，而小武哥对他们中的大多数也很熟悉了，因为他的与人为善。小武，你又做臭鱼吃啊？麻子爷爷一边说，一边颤巍巍地从自己跟前的一段"长城"中，拿出一个东风，丢了出去。是啊，爷爷。等我做好，给你们一人送一份，小武哥一边说一边加快了推车的速度。因为他看到豆花奶奶，已经用一只手垒长城了，而另一只手正紧紧地捏着鼻子。小武哥看到，麻子爷爷起错牌，抓了本该属于豆花奶奶的牌的时候，豆花奶奶眼疾手快地用自己起牌的那只手，轻轻地拍了一下麻子爷爷的手背，麻子爷爷不仅没有恼怒，反而笑了一下。

　　小武哥也笑了一下。麻子爷爷不是上海本地人，是浙江慈溪人。老伴在给他生了一个儿子之后，就一命呜呼了，是他一把屎一把尿把自己的儿子带大的。儿子也挺争气，在上海做生意发达了，把麻子爷爷从老家给接了过来。老爷子脾气古怪，和自己儿子离了婚新娶的儿媳妇不对付，总是在儿子的大别墅里骂自己的儿媳妇是一个狐狸精，破坏自己儿子的家庭，儿子虽然孝顺，但是为了自己年轻的新媳妇，最终和麻子爷爷商定，在宝山给他买一套房子，再给他找一个保姆。麻子爷爷，为了图一个清净，就立即答应了，房子可以买，但保姆就算了，麻子爷爷受不了别人伺候自己。只是自己有时候会想念大孙子，因此和自己的儿子约定，不管儿子去不去看他，大孙子一定要一周去看他一次，再不济，也要半个月看他一次，儿子答应了，麻子爷爷就一个人住到了现在的小区，小区叫幸福家园。豆花奶奶也住在幸福家园，但她是上海土著，在上海靠和老伴卖早点，供出一儿一女两个大学生，儿女毕业之后，拿着他们的姥姥、豆花奶奶的母亲的房子拆迁款，都各自在上海靠近市中心的地方贷款买了房子，儿女让她早点从幸福家园里搬走，但是豆花奶奶执拗地坚持住在幸福家园里，她告诉自己的儿女，她要是走了，他们的爸爸就找不到家了。豆花奶奶的老伴刚刚患病去世没有几个月，也就是这时候，麻子爷爷从儿子的大别墅搬到了幸福家园。

小武哥住在五楼，是从出租长租公寓的中介公司手里租过来的，他本人并没有见过房东。他租房的时候，也想找房东直租，但是好的房源都被中介公司垄断了，没有办法，他只能从中介公司二房东那里租房了。虽然每个月的房租不算太高，但是一年一付，对小武哥这样寄居在大城市的人来说，一次支出的费用也是个不小的数目，有好几万了。幸运的是中介公司还挺靠谱，服务也挺好，不久之前还在美国纽约证券交易所上市了，小武哥也就更放心了。房子是没有厅、一厨一卫一室的一居室，但跨过阳台，高度大约一米左右，就可以下到前面一处居委会公用房的房顶上。虽然在五楼，每天都要上下爬楼梯，但是当初看到阳台前面的这个屋顶，最终让小武哥下定决心，就租这个房子了。小武哥每天晚上最放松的时刻，就是跳到房顶上来，透透气。不久，小武哥还发现了这个屋顶的妙用，因为周围没有什么遮挡物的缘故，屋顶上的采光非常好，小武哥原来晒被子是扛着被子跑到楼下去晒的，自从发现屋顶采光很好，只要天气很好，小武几乎每个周末早上起来都会晒一晒被子，晒完被子，小武用力吮吸着残留在被子上的阳光的味道，觉得屋顶如果只用来晒被子，真的是太暴殄天物了。所以，他总会按照从前在家里母亲教给他的，抑或是他自己寻思出来的方法，制作一些可以晒制而保存时间很长的东西。咸鱼就是小武哥最爱鼓捣的一样食物，因为不仅便宜，而且鱼肉鱼肉，鱼也是肉，也能让自己经常打牙祭。不仅自己能打牙祭，也能送给周围的邻居，增进之间的感情。小武哥把这种社交方式称为"咸鱼外交"，并且屡试不爽。麻子爷爷和豆花奶奶就是这么和他混熟的。两位老人家有事没事都会请他到家里吃饭，有一次因为两个人同时约了小武哥，而让小武哥不知道该去谁家，因为这事甚至让麻子爷爷和豆花奶奶冷战了起来，最后还是小武哥让他们都到自己的家里来，两人才握手言和，这事才算圆满解决。也是因为这次小武哥的出色表现，豆花奶奶拍着胸脯跟小武哥说，自己有一个老姐妹，有一个孙女，和小武哥差不多大，可以给小武哥介绍，小武哥以为豆花奶奶不过是随口说说，连连说可以。

　　小武哥用双手提着咸鱼上楼的时候，又想到了小媛。小媛并不住在幸福家园里，小媛在距离幸福家园不远处的一条小的商业街一家兼做洗脚、按摩、推拿的按摩店工作。小武哥是在一次洗脚的时候认识小媛的。当时，小武哥洗完脚之后出来在门口抽烟，一个人。小媛刚刚为客人洗完脚，也出来抽烟，一个人。站在外面，可以看到太阳已经快要落山了，有点肃杀。小武哥把烟含在嘴里，摸遍了身上的口袋，也没有找到打火机，这个时候，小媛走了过来，把嘴里的烟递给了小武哥，小武哥接过小媛递过来的烟，两根手指捏住了烟蒂，用嘴使劲地吸自己的烟，很快烟着了，小武哥觉得自己的两根手指上黏乎乎的。小武哥想到了，黏乎乎的液体可能就是小媛的唾液。把火引着后，小武哥将烟递给了小媛，小媛接过来又吸了一口。谢谢啊，小武哥说。哥，客气了。小媛回答道。小武哥仔细打量着眼前这个女孩子，说是女孩，因为她确实不大，看样子也就二十出头。看你年纪也不大，咋能受得了这个苦？小武哥平时不怎么说话，在公司见了同事，也是笑笑，但是小武哥细细地捻着手上的液体的时候，突然想和眼前这个女孩子说说话了。吃得苦中苦，方为人上人呗。小媛指间的烟已经燃烧了一半，小媛将烟拿捏在手中，另一只手托着夹着烟的手臂，冲着小武哥做了个鬼脸说道。因为是人下人，所以才不得不吃苦中苦吧。小武哥吸了一口烟，弹了一下烟灰。小媛没有答话。小武哥突然意识到自己说的可能不大合适了，又连忙解释道，我不是那个意思，我没有贬低你的意思。我是说我自己。你看我大学毕业，现在还是在城市里打工。活得人不人、鬼不鬼的，就是现在网上流行的社畜。小媛冲着小武哥笑了一下，小武哥看到小媛脸上有两个酒窝露了出来，我也没有别的意思，就是你的一句"人下人"，让我想到了我弟弟，想到了我娘，想到了我死去的爹，小媛说。小武哥看到小媛把头别了过去，小武哥知道，小媛一定流泪了，但是又不想让别人看到。你知道吗？小媛说，我十六岁就从家里出来打工了。在饭店给人家刷盘子，做服务员，后来我又去了电子厂，现在又跑到了按摩店。如果我不工作，也读书的话，按照你们的话说，现在是你的学妹呢。小媛说着说着就笑了，但是小武哥看她的笑比哭还难看。那怎么没读下去呢？小武哥不忍心继续揭开眼前这个小姑娘的伤疤，但是心里却又涌出关心的冲动。我爹回来的那天，也是这样一个傍晚，那天没有太阳，也没有夕阳。我爹回来了，却又走了。我娘坐在里屋，我就在门槛那里呆呆地望着，想我爹啥时候回来。我本以为，像娘说的，我爹要是回来，也一定是在过年的时候，那时候会飘起美丽的白雪，我爹又能带着我和我弟去堆雪人了。但是，也就是在那天，我爹他就回来了，不过他是被殡葬车拉回来的。你见过殡葬车吗？小媛望了一眼小武问。又说，我爹就被放在车子里面的一个铁盒子里，被抬出来的时候，他全身蒙了一张床单。是的确良的床单，上面印着很多很多的花儿，是白色的，但我爹的血染在了上面，那些花儿就变成了红色的，血干了，床单似乎变得很硬。送我爹回来的人跟我娘说，我爹是死在去医院的路上的。我爹在工地上摔倒了，钢筋不偏不倚插到了他的颈动脉上，血止不住地往外流。他们说，我爹还有意识的时候，一直在叫我的名字，他是担心他死了，他的女儿就要受别人欺负了。所以，后来我想那天下午我才会打了那么多的喷嚏吧！后来呢？后来过完年，我就辍学出来打工了。我娘留在家里照顾庄稼，照顾我弟。所以，你现在就只是在店里给客人按摩，给家里挣钱吗？是。小媛抽完手中最后的一口烟，将烟蒂丢到了地上，看烟蒂的火要熄灭，就准备进屋了。小媛掀开门帘的同时，又回头看了小武哥一眼，哥，聊了那么多，我还不知道你的名字呢！小武，小武哥说。贾樟柯有一部电影就叫《小武》，你知道吗？不知道。哦，好的吧，就是那个文武双全的武，武功的武。我知道，我知道。你呢？小媛。哪个 yuan？韩国有一个电影，叫《素媛》。你看过没？就是那个媛！哦，我听说过，但还没看过，我回去看看。小武哥，以后工作累了的时候，一定要来找我呀，记得点我哈，小媛说。好，小武哥说。

小武哥回到家，就着手把 15 元钱买的一堆臭鱼，进行了仔细的划分，共分成了三类：一类是生过蛆的；一类是还没生过蛆但是已经糟透了的；还有一类只是死掉了但还没有发臭的。因为空间有限，小武哥只能把前两类又合并在了一起，放到了用来腌肉的大陶盆里，这种大陶盆，还是他让自己的母亲从家里镇子上买了给自己寄过来的，小武哥有时也不免嗟叹，大城市有些东西也是没有的。腌东西的大陶盆大城市就没有，人情味儿也少得可怜。小武哥把咸鱼处理好，就开始准备做自己的晚饭了。最后剩下的为数不多的"好"的鱼，将会成为小武哥的晚餐。他准备做一锅鱼锅贴饼子，这是他从电视上学到的。多放葱、姜、蒜、大料，倒上酱油、甜面酱，再在锅的周围糊上锅饼，又好吃又解馋。另外，他做鱼锅贴饼子还有一个用意，自从他上次从按摩店离开之后，也有个把月没有去光顾了。小媛最后对她微笑着说让他经常去找他的画面，始终在他的脑海里浮现，赶也赶不走，忘也忘不掉。他想，自己正好可以给小媛送一份鱼锅贴饼子去，鱼锅贴饼子似乎不仅好吃，还有壮胆的功效，怂恿着他再一次去按摩店找小媛。

小武哥用平时自己上班盛饭的餐盒带着鱼锅贴饼子来到按摩店门口的时候，按摩店招牌的灯光已经被点亮了，发着耀眼的光芒。小武哥推门进到里面的时候，前台又换了一个小姑娘。哥，您是洗脚还是推背？前台小姑娘好像和他已经很熟了似的，哥这个亲切的称呼，就很随意地从她的嘴里说了出来。我来找小媛。哦，哥你找小媛姐啊。她现在正给客人洗脚呢，你坐这边等一下吧。小武哥悻悻地坐在了门口的沙发上，沙发旁边还有一个老人正在玩手机，小武哥用余光看了一下，老人刷的是抖音，正在看一个美女的直播。

小武哥等了有一会儿，他抬头看了看墙上的电子万年历，时间已经过去了二十多分钟了。他起身走到前台，怯生生地问道，小媛还要多久？前台的小姑娘正在手机上逛淘宝，"双十一"快要到了，原本为光棍们预留出的唯一节日，现在也被商业化了，先是成为购物狂欢节，后来又变成了情人们恩爱的秀场。估计马上了，小媛姐上钟上了也许久了。要不我把我给她带的吃的放在这里吧，我先回去了。听到了吃的，原本一直盯着手机屏幕上金色耳环的前台小姑娘，立马抬起了头，微笑着。哎哟，小媛姐可真有福气。她估计说话就完事儿了，小哥哥你再等一下就好了。正说着，小武哥看到，小媛已经下来并且看到了他。小媛冲着小武哥笑了一下，小武哥也冲着小媛笑了一下。小媛看着小武哥，像是已经记不起小武哥是谁了。最后，还是小武哥先开口说话了。

小武哥说，是我啊，个把月前，咱们在门口一块儿抽烟来着。小媛这才"扑哧"一声笑了出来，小武哥，我知道，我认出你来了。只不过刚才我脑子短路，一时想不到要说什么。你今天来是按摩吗？嗯，来按摩，也是来给你送点东西。小武哥觉得自己说的这句话，尤其是后半句话，像是从牙缝里挤出来的。主要是来送东西吧！吧台里的小姑娘还在用双手捧着手机，头也不抬地说道。你个臭丫头，有你什么事？小媛佯装嗔怒道。转过头，小媛又说，那好，哥，今天我来给你做。不着急，你要不先把我给你带的饭吃了吧？小武哥说着，把手里的餐盒递到了小媛的面前，餐盒的表面是一个卡通图案，是一只可爱的鸭子，写着一行字："今天也要加油鸭！"没事儿，咱们到上面去，我吃着饭，你准备着就行了。小媛一边说着一边接过小武哥的餐盒，拽着小武哥的一只胳膊就上楼去了。

小武哥跟着小媛进到一个房间。小武哥，你先坐下休息一下，喝点水。小媛一边说着，一边毫不客气地打开餐盒，拿起旁边茶几上的一双一次性筷子，就狼吞虎咽地吃了起来。小武哥，这是你做的吗？可真好吃呀！我就爱吃这个。小武哥没有说话，就坐在按摩床上，看着小媛吃着自己做的饭，"嘿嘿嘿"地笑着。小武哥你先躺下，放松一下，把上衣也脱吧。小媛说得很自然，头也没抬，似乎已经习以为常了，一眨眼的工夫，小媛已经把小武哥带来的饭都给风卷残云了。

你要是喜欢吃，过几天我做了再给你送过来。小武哥躺在了床上，像一个等待着医生治疗的病人，讨好似的。好呀，小媛也没有和小武哥客气。

小武哥安安静静地躺在按摩床上，任小媛摆布，一动不敢动。见小武哥不说话，还是小媛先说了话。哥，你是不是以为做我们这行的都很脏啊？没有，没有，我没有这么说，都是为了生活，都不容易，谁脏谁不脏的，只有自己心里清楚。上流社会打扮得光鲜亮丽的人，也不见得有多干净，没准还有艾滋病呢。在下水道抽大粪的清洁工人没准身体最健康。小武哥想不到自己一溜烟说了那么多。你们这些人嘴巴就是厉害，说得一套一套的。

小武哥问小媛，小媛，你有男朋友吗？小媛答道，没有。听到小媛的回答之后，小武再没有说话，小媛推了一会儿背，问小武，怎么不说话了？小武说，脸趴在下面，不好说话。小媛也就不再说什么了。房间里静悄悄的。小媛虽然也有点心神不宁，但是因为经验丰富的缘故，还是让紧张兮兮的小武哥享受到了推背带来的好处。小媛用精油给小武哥开完背，问小武哥，还要不要刮痧或者拔火罐？小武哥说晚上还有事情，就着急从按摩床上下来，把衬衣和外套套在了自己的身上。小媛说，不然加个微信吧，下次来，给你补上，也给你打个折，小武哥说好，在前台付了款，小武哥正准备推门出去的时候，小媛对小武哥说，小武哥，该找个女朋友了。小武哥说，好。小媛没什么反应，倒是吧台里的姑娘"扑哧"

笑了一下。小武哥从按摩店出来，迎面吹来一阵风，觉得好清爽呀。

小武哥回到家，这才发现自己回来得匆忙，忘了把自己的餐盒带回来了。便在微信上跟小媛说，小媛说不妨事，明天我给你送到你家里去，正好我明天轮休，你把定位发给我就行。小武哥这才想起来，明天就是周末了，自己将会有两天的休息时间。看到小媛在微信里说，第二天要到自己家里来，心里不知怎么就觉得亮了起来，是开心的感觉。小武哥也没有说句客套话，或者说自己去按摩店拿，顺着小媛的话，小武哥就真的直接把自己家的定位发过去了。小武哥这个时候，脑子里想到的是，一个姑娘要到我的家里来。这句话的魔力无疑是巨大的。

小武哥正躺在床上想的时候，门铃响了。小武哥想，这个时候能有谁来找自己？小武哥通过猫眼看到，是豆花奶奶和麻子爷爷。

小武哥连忙开了门。侬拉嘞做啥？先开口说话的是豆花奶奶，她拄着一根拐杖，小武哥看到豆花奶奶的嘴唇上，涂了一点口红，是大红色。麻子爷爷没有拿拐杖，局促地站在豆花奶奶的身后。看到麻子爷爷，小武哥就明白了，豆花奶奶今天的口红不是因为来自己这里涂的，女为悦己者容，很显然自己不是那个"悦己者"。啊呀，你不要讲上海话嘛，搞得让人头顶上的灯都要知道你是上海人一样嘛，麻子爷爷故意生气地说道。豆花奶奶转过头来白了麻子爷爷一眼，然后字正腔圆地说道，要你管！小武哥知道两人是在打情骂俏，笑着说，奶奶、爷爷你们快进来。这栋楼也没有电梯，你们上来多累呀？豆花奶奶也不客气，一边往屋子里进，一边噘着嘴说道，还不是为了你呀？一边说着，一边坐到了小武哥的床上。小武哥站在旁边，连忙扶着麻子爷爷也坐到了床沿上。麻子爷爷靠着豆花奶奶坐了下来，豆花奶奶像个小姑娘一样故意往旁边挪了挪。麻子爷爷像个犯了错的孩子，真的坐到了另一边的床沿。豆花奶奶又看了麻子爷爷一眼，对小武哥说，别理他。我不是和你说，要给你介绍对象嘛，我打完麻将就和我的老姐妹打电话联系了，你猜怎么着，她也很着急呢。我说呢，怎么好长时间没见过她了，以前经常找我打牌的咯。你猜怎么着，她现在整天地往人民公园相亲角跑，给自己的孙女物色了不知道多少男孩子，都没有相中的嘞。豆花奶奶越说越有劲儿，小武哥觉得唾沫星子都快要喷到自己的脸上了。小武哥笑嘻嘻地说，豆花奶奶，你们来是为这事啊，我还以为你说着玩儿呢！豆花奶奶故作生气，这种事哪能说着玩儿？麻子爷爷这个时候，挪了挪屁股，离豆花奶奶更近了一点儿，说，是的呀，这种事不好说着玩的。

小武哥说，奶奶、爷爷，我在上海没有房子的呀。现在别说结婚要房子了，没房子都不好意思去相亲的了呀。现在，相亲都要有房子的呀。

小武哥又说，不敢去的呀！说完，小武哥搓了搓自己的手，像一个做错事的孩子，站在墙角。在上海买不起房子的多着嘞，再说你也是才毕业嘛，认识认识总归是好的呀！豆花奶奶扭头问麻子爷爷，是不是。是，是，是。麻子爷爷先看看豆花奶奶，又望了望小武哥，连连点头。我和我老姐妹说了，小武可是个好孩子，有潜力。我也跟她说了，房子算什么嘛，人不能物质的嘛。主要是我也知道，现在婚姻法改了以后，男的有房子又怎么了？算婚前财产，以后离婚，女的一块砖头也分不到的呀，要房子，要什么房子？两人一起奋斗不好吗？奋斗得来的都是大家的呀，即使离婚，你一半我一半，谁也不占谁便宜。你不要坐那边的啦，你坐过来啦。豆花奶奶一边说着，一边伸手去拽麻子爷爷的衣襟。你豆花奶奶说得是，你听她的准没错。麻子爷爷说着，顺势就靠着豆花奶奶坐了过来。

小武哥想了想，去见见也不错，反正是周末，自己也没事，就当是出去散心了。那我去和人家女生见一见。这就对了嘛！豆花奶奶笑了起来。小武哥看到，麻子爷爷又看了看豆花奶奶。我们去哪里见面呀？要么就中午十一点左右，到中山公园龙之梦那里，出了地铁站，到购物中心有一个天桥，在那里碰面好的啦，我和我那老姐妹都提前说好了。好的。那我和我老姐妹回去说一下，你明天准时准点去就可以了。可以呀，奶奶，我都行啊。好好好，那我回去和她说一下。走吧。豆花奶奶一说，麻子爷爷就站了起来。哦，对了，我把女孩子的电话给你，电话就是她的微信，你不要和她打电话，记得，她比较忙，晚上经常加班。你加微信就好了。

她奶奶叮嘱我的，我现在告诉你，你记一下，18217570586，严梓月。多好听的名字。小武哥一边添加微信，一边说道。人也漂亮的嘞，是个白富美哦。那我得好好聊一聊了。小武哥将电话号码输入搜索框内，点击搜索后，弹出来的头像是网红脸，虽然也很白，但是丝毫看不到美丽与富贵的气质，有点庸俗。小武哥本着既搜之则加之的态度，最后点击了"添加到通讯录"。将自己的名字"任小武"写了上去，写完，小武哥觉得还不够隆重，于是加了一个括弧，括弧里的内容是"某美股上市公司运营经理"，小武哥觉得还不够放心，又加了一个括弧，"豆花奶奶介绍认识的"，写完之后，小武哥才如释重负地又点了一下"发送"。你好好和人家聊一下，明天请人家吃个饭，我和你豆花奶奶先回了，你也早点休息。是的，是的，你早点休息，我们先回去。豆花奶奶随声附和。那我送你们下去，奶奶、爷爷，你们下次有事打我电话就行了，我去你们那里，我住在顶楼，让你们爬楼梯上来，太不好啦。小武哥一边说着，一边送豆花奶奶、麻子爷爷出门。不妨事，不妨事，我们也要锻炼锻炼，越锻炼越结实，我们要活到一百岁。豆花奶奶一边说着，一边张开手臂，像一个孩子，更像是一个热恋中的少女，惹得旁边的麻子爷爷呵呵地笑。

小武哥把麻子爷爷和豆花奶奶送到下面的时候，看到天上是下弦月，月光洒在地面上，在黑色的地面上印出了一块白色的光辉，小区里的两只狗正在光辉里追逐、打闹。小武哥打了一个寒战，就上楼了。

小武哥上楼的时候，看了看手机，自己添加好友的请求还没有得到回复，倒是小媛的对话框，显示有好几条消息未读。小武哥，你明天啥时候方便？我明天啥时候过来？我明天一整天都有空！……小武哥看着小媛发来的消息，想着明天可能要去中山公园相亲。于是在微信上，小武哥给小媛回复，明天晚上送过来吧，我白天约了一个朋友。晚上过来，我给你弄点好吃的。深思熟虑地打完这些字并发送过去后，小武哥身子一歪就躺到了自己的床上。小武哥很佩服自己的时间管理能力。小媛又连着回复了两条消息："好的，谢谢小武哥""我什么都能吃"。小武没有回复，过了许久，小媛又发来了一条消息，是什么朋友呀？反正不是女朋友，早点休息，明晚见。晚安，明晚见。小媛发来消息。

小武哥收到严梓月的消息，是在小武哥洗过澡之后，已经快十二点了。因为工作的原因，小武哥养成了不晚睡的习惯，平时都是在十一点左右就睡觉了。即使是周末也不例外，他害怕自己的生物钟紊乱，害怕自己迟到，害怕因为迟到被警告，害怕因为警告而失去工作，害怕失去工作，就要被这座城市所抛弃。但是，今天小武哥破了一个例，因为明天可能要进行相亲。小武哥其实是抵触相亲的，因为人人都说"男人三十一枝花，女人三十豆腐渣"，所以他相信自己以后一定能成为一枝花，现在相亲，就是把自己给贱卖了，就像菜市场的清仓大处理，搞得自己好像没有人要一样。因为这点卑微的倔强，对于家里安排的相亲，小武哥都是敬而远之。虽然小武哥拒绝相亲，但是小武哥却不拒绝上海的女孩子，因为上海的土著意味着户口和房子。所以，小武哥耐着性子等了好久，终于等来了好友通过的回复。"明天十一点在龙之梦购物中心7层的暗恋桃花源见面吧，那里环境挺好"。小武哥回了一句，好的，又加了一句，记得早点休息。对方回了一个好。小武哥设置好闹钟，临睡前又像往常一样刷朋友圈的时候，看到小媛在朋友圈转发了一个水滴筹的消息，文字配的是"事情是真的，是我的好姐妹，求求大家支持一下"。小武哥没有在意，熄了灯，将手机放在一边，睡去了。

小武哥早上在地铁站，等了两趟地铁，在第三趟车来的时候，他才勉强被调度员推到车里。虽然他住在宝山这里，已经是地铁的始发站了，但是这里依然住了很多人，都是在上海工作的。在上海这里，很多人住到了城市最边缘的地方，他们都想到了上海偏远的地方会有足够的空间，但是没想到，像自己一样的人也很多，所以上海偏远地方足够的空间，在这些数量的人面前，也就显得微不足道了。小武哥就是这些人中的一分子。小武哥提前半小时到达暗恋桃花源，小武哥到餐厅门口的时候，已经很多人在排队了。大家都希望在上海这座大城市里寻找点娱乐和存在感，虽然能留在这里的人寥寥无几，但是总要向认识的人，说我曾来过，所以一到周末，上海到处都是人，和逢年过节农村逛庙会没什么区别。

小武哥看着排排坐在门口等待吃饭的"城里人"，觉得他们和农村红白喜事的时候，在桌子上一圈圈地围着，等待着上菜的人一样，或者说他们就是同一类人。甚至可能有个农村的小伙子，他在小的时候还跟着母亲，拿着塑料袋在农村大席上折菜，但是现在俨然已经成了上海人，在餐厅门口和女友排排坐。小武哥拿了号之后，就坐了下来，一边竖着耳朵听服务员把号叫到哪里了，一边在微信上问相亲的对象到哪里了。过了许久，对方才回了一句，我还要好一会儿，你先取号，点菜，我不爱吃辣，其他的都可以点一些。小武哥本来有点愠怒，看到对方发来的这句话，转而开始产生疑惑了，看这语气就像和自己是老相识一样，也像是对相亲见怪不怪，驾轻就熟。正心生疑窦的时候，小武哥听到服务员已经在叫自己的号了。小武哥找了一个靠窗子的位子，透过窗子，正好可以看到外面要进来的人。因为是周末，所以店里的生意非常好，小武哥注意到刚才和自己一起进来坐在自己旁边的人都已经点好菜，甚至开始上菜了，自己还拿着一个菜单在装模作样，小武哥注意到，服务生领班同样也注意到了自己这边。小武哥在微信上给严梓月发了一条语音，你到哪里了？没有回复。先生，您这边还有几位呀？走过来一个服务员，笑盈盈地问道。还有一位。她马上到，不好意思。小武哥知道在上海的这些餐厅，要付高昂的租金，全指着每周周末的客流量来撑门面，对于他们来说，周末的客人就是上帝，周末的时间就是金钱。那您让您的朋友快一些好吗？您也看到了，我们这边确实还有很多人在排队呢！小武哥又看了一下微信，还是没有回复。不好意思，那我先点菜吧？那好，您直接在桌子上扫码点单就可以了。服务员给小武哥留下一个背影，转身又去招呼刚进来的客人了。小武哥在微信上给严梓月又发了一条信息，这边人很多，我先点菜了。你喜欢吃什么。点两个清蒸崇明蟹。其他的你看着点吧。小武哥的心里微微荡漾了一下，他以为这两只螃蟹里面有一只是自己的。但是紧接着，严梓月又发来了一条消息，将他心里的这点微微的荡漾立即击得粉碎，你要是也想吃螃蟹，那你就自己再加，我点的两只我能全部吃掉。我快到了，已经坐电梯了。小武哥回了一个好，以及一个微笑，想了想，又将那个微笑给删除了。小武哥三下五除二，就将严梓月要吃的还有自己要吃的菜给点好了。其实小武哥自己没有多少要吃的，左不过点两道凉菜，除了那两只螃蟹，再加一道硬菜，还有一瓶橙汁、一瓶椰奶。但是就这些，小武哥在点击下单的时候，也傻了眼，足足两百元有余。

　　小武哥心想，这能买多少咸鱼呀？就算买肉吃，也够自己吃半个月的了。小武哥没有注意，自己在选菜的时候，服务员就站在自己的旁边，正当小武哥拿着手机犹豫的时候，服务员微微倾了倾身子，笑眯眯地问道，请问您下好单了吗？小武哥条件反射似的回答，下好了，下好了。说着，小武用自己的食指点击了"现在下单"的按钮。您稍等，菜马上就来。小武哥觉得服务员在餐厅里就像幽灵一样，听到服务员说这句话的时候，服务员还在自己的身边，等这句话最后一个字消失在他的耳朵里的时候，服务员已经不见了。服务员给小武哥上的一壶柠檬水，已经被小武哥喝掉了一半，小武哥有点尿意了。但是又害怕严梓月来到这里找不到自己，所以只能憋着。小武哥在微信上给严梓月又发了一条，我在靠窗的位子上，你从扶梯上到这一层，透过窗户，一眼看得到一个位子，我就在那里坐着。严梓月没有回复，等到小武哥收起手机的时候，一个女人已经坐到了他的面前。略施粉黛，落落大方，进退有礼。你好，你好。我是严梓月，你是任小武，任先生吧？小武哥第一眼看到严梓月，就觉得这个女人有点面熟，尤其是身形、步伐，但是在哪里见过，却怎么也想不起来了。对的，我是任小武，别人都叫我小武哥。你多大了？小武问。我94的，你呢？严梓月问。我93的。那看来我还真得叫你小武哥了，哈哈。严梓月，一边说着一边将外套脱了下来，一边又扯着嗓子喊道，服务员，怎么没有餐前小菜？给我们上一些餐前小菜来！还是那个幽灵一般的服务员，正在和身边一个年轻一点儿的服务员交头接耳，交代着什么，此时的餐厅是熙熙攘攘的，但是严梓月的声音还是不偏不倚地传到了她的耳朵里。服务员领班以平视众生的眼光扫了一圈，最终将目光落在了严梓月的身上，好的，美女，马上来。你叫小武？严梓月这个时候才开始正视小武哥，短发寸头，不高不矮，178，王子身高，浓眉大眼，虽然不帅，但是也很耐看，脸上没有任何涂改的痕迹，只是有两个红色的痘痘很耀眼，在脸颊上突兀地长了出来。对，我叫小武。

小武哥没有和严梓月一样，也把自己的外套脱下来，他有点紧张。你是不是还有个弟弟，叫小文呢？你怎么知道？小武哥惊奇地看着严梓月。文武双全嘛。餐前小菜腌萝卜条已经上来了，筷子还没有上来。说着，严梓月直接用两根纤细的手指，从碟子中夹起来一根白色的萝卜条，仰起头，两根手指一动，小武哥就看到，严梓月的脖子开始阵阵地蠕动。在咀嚼的间隙，小武哥还看到，严梓月红色的嘴唇里面，包裹着一口洁白的牙齿。严梓月的指甲盖上，涂的是大红的指甲油，小武哥看着严梓月吃的时候，有一滴汁水从白色萝卜条的体内流了出来，顺着严梓月红色的嘴唇，留在了她的嘴巴上。严梓月用手指去擦拭的时候，那汁水又到了她涂着大红指甲的手指上。

　　小武哥说，我是豆花奶奶介绍来相亲的。严梓月说，我知道。小武哥感到有点尴尬，没再说话。服务员在来来往往地上菜，也就一会儿的工夫，小武哥点的菜都上齐了。小武哥看着自己点的一个皮蛋豆腐，一个凉拌茼蒿，一个地锅大肠，还有两只崇明螃蟹正静静地趴在桌子中间。我们不合适。一只螃蟹腿此刻正在严梓月的嘴里被解体。严梓月一边吃着螃蟹，一边说道，说话的时候，眼神全都在螃蟹身上，一点儿余光也没有给小武哥。小武哥拿起的筷子，此时正在桌子的上空，也不得不停止运动，不知道该向哪里去。虽然小武哥对这次相亲没有抱特别的期待，但是他没想到自己还没有进入正题，就被否定了。这种感觉对他来说是很难受的。他在来之前，在地铁上的一个多小时，在脑子里反复练习今天的相亲。那些他要跟相亲对象说的话，他都可以倒背如流了。你好，我叫小武，是苏南人。你知道的，江苏分苏南、苏北，苏北比较落后，苏南比较富庶。我家就在苏南，我父母在家里做一些小生意。我还有一个弟弟，我弟弟已经有对象了，他在家里，准备要结婚了。你知道吗？我们家那里也要拆迁了，我妈告诉我，我们家可以拆两套房子。虽然我们那里房子的价格没法和上海的比，但是我家里人替我算了一下，如果我要留在上海，把家里分的房子卖掉，在上海稍微偏一点儿的地方买一套五十平方米左右的房子，就可以付首付。你怎么不吃啊？严梓月已经在吃第二个螃蟹了。小武哥清醒了过来，他手里的筷子最终还是落在了那锅大肠上，那是他最喜爱的食物。咱们都还没有了解，怎么就不合适了？小武哥此刻冷静了下来，他知道他今天已经败了，但是他还是不甘心，他想死个明白。你吃猪大肠。你还有弟弟。你没有上海的户口。你在上海也没有房子。你的工资虽然比我高了一点点，但是几乎可以忽略不计。你说我们哪里合适了？第二个螃蟹被大卸八块之后，也快被严梓月吃完了。小武哥听严梓月说话的时候，筷子也正在桌子上打游击战，小武哥本想继续夹猪大肠，听到了"猪大肠"从严梓月的嘴里蹦出来，小武哥就将筷子放下了。好吧。小武哥静静地望着眼前的女人，还是觉得她很面熟。不过可以做个朋友嘛。严梓月"吧嗒"一口，吮吸了一下手指说。我刚才听你说的那么多问题，其实我觉得猪大肠不是根本的问题，你后面说的房子和户口才是最根本的问题。想必在来之前，这些你也都了解了，你为什么还要来相亲呢？小武哥此刻完全平静了下来，脸色也稍微舒缓了一下。相亲嘛，吃个饭，认识个朋友而已。严梓月咂了一口螃蟹腿说。而已？小武哥稍微舒缓的脸又僵硬了起来。幽灵般的服务员又游荡了回来，站在中间，像是一位公平的裁判，站在楚河汉界的分界线上。两位，你们吃好了吗？我们外面还有很多客人在等，帮帮忙。吃好了，先是严梓月说，之后是小武哥说，他们虽然一前一后，但是语气与用词精准一致。结账去前台，请问你们谁去？服务员问。咱们AA吧？小武哥没有回答服务员的问题，而是问坐在自己对面的女人。严梓月愣了一下，她没有想到坐在自己面前的男人那么能豁得出去。你是不是男人？严梓月有点恼怒。服务员没有动，也没有说话，还是站在原来的地方。这和是不是男人有什么关系？你不是说我们可以做朋友吗？那么做朋友，吃饭AA也是天经地义吧。小武哥一字一顿，字正腔圆地说道。你这个穷鬼！严梓月已经站了起来。小武哥还是没有动。你不是男人，吃饭还让女人付钱！严梓月一边说一边穿外套往外走。服务员看到，一个男人噌地站了起来，这个人就是小武哥，双手撑在桌子上，口中不停地骂着什么。但是严梓月已经出去了。服务员没有动，只是看着，似乎见怪不怪了。小武哥嘴里的咒骂，只变成了一口唾沫星子，飘散在空中，无色无味，连个屁都不如。原本熙熙攘攘的餐厅，在一阵咒骂的声音过后，顿时安静了下来。好像被教训的是自己一样。服务员说，先生，您看怎么付一下？如果您坚持AA，也可以的，您可以报个警，我们这里也有监控，可以让她再回来。我们以前也发生过类似的事情。不用了，小武哥说，我来付吧，这不是钱的事。服务员高兴地说了一句，好。您能不能拿几个打包盒来，这几道菜都没怎么吃，我打包一下。服务员看了一眼小武哥，说了一句，好。又说了一句，打包盒一个要两块钱，小武哥说，好，没问题。

小武哥下午回到家的时候，已经快两点了。出地铁站的时候，小武哥突然想到，严梓月和自己那天出地铁的时候见到的那个女人很像，似乎就是一个人。骗子，小武哥骂骂咧咧了一句，他看到自己已经不能再看到严梓月的朋友圈了，小武哥知道，严梓月肯定已经把他给删除好友了，或者把他给拉黑了。小武哥没有犹豫，索性就把严梓月的微信也删了。他躺到了床上，用被子蒙住自己，他想好好地睡一下午。

小武哥睡眼惺忪间，听到了手机的电话铃响声。来电话的是小媛，小媛的微信电话是在四点多钟的时候打来的，小武哥看到电话，从床上坐了起来，他才想到自己把小媛忘了，小媛和自己说好了今晚要过来。电话被取消后小武哥看到，小媛又给自己发来了消息，你喜欢吃什么水果？我给你带点水果吧？在从前，周末对小武哥来说，真的只是睡觉的日子，他也曾经对周末寄予了很大的期望，他希望能在周末的时候忙一点，可以陪着一个人去逛街、看电影、吃饭，但是后来他的愿望没有达成。逐渐地小武哥习惯了一个人的周末，家里只有他一个人，他想睡到几点就睡到几点，没有人来打扰他，他也不去打扰别人，他也没有什么别人可以去打扰。但是，这一刹那，他突然觉得原来被人关心的感觉那么好。他从床上起来了，给小媛回复，你带一个凤梨来吧，我喜欢吃凤梨。晚上你想吃什么菜，我来给你露一手。好呀，我什么都爱吃。发完上面的信息，小媛好像还不过瘾，又发了一个大大的爱心。我一直在家，你早点过来吧。小武哥也在这句话后面加了好几个微笑的表情。好的，小媛发过来消息。

　　小武哥重新收拾了一下自己，也重新收拾了一下自己的心情。在大城市，别的能力可以没有，但是受伤自愈的能力一定要有。他第一个想到的不是收拾屋子，因为屋子里除了一张床，床旁边一张只能放置一台电脑，多一只苍蝇落在上面都可能坍塌的小桌子，其他的再没有什么像样的物件了。小武哥第一个想到的是自己的冰箱，今天已经损失了两百多块钱，他不想再损失钱，他准备来个冰箱大扫除，把冰箱里所有能吃的东西都做出来，凑一桌菜来招待小媛。小武哥不是对小媛苛待，他是相信自己的厨艺。几只干木耳，被小武哥丢到水里，泡开后，洗干净，用手撕小块，拍上几瓣大蒜，加上切得碎碎的小米辣，滴上两滴香油，盐、鸡精、香醋、酱油一放，一道小米辣蒜泥黑木耳算是齐活了。一根黄瓜、一根冻得硬邦邦的油条，油条拌黄瓜，别提有多美味了。还有一方冻豆腐、一条鲫鱼，鲫鱼豆腐汤。最后看着中午从餐厅打包带回来的菜，小武哥又做了一个乱炖。小武哥最爱吃的就要数乱炖了。小时候在家里，一年吃不了几次好东西，所以村子里有红白喜事的时候，去吃酒席的村里人，人人都要备一个塑料袋。没过多久，小武哥已经把乱炖做好了。他看了看墙上的钟表，已经五点半了。小武哥想小媛应该快来了吧。

　　小武哥正想着的时候，门铃响了。小武哥赶忙去开门，门外站着的却不是小媛，是豆花奶奶，麻子爷爷这次没有来。奶奶，您怎么来了？小武哥心里已经猜到了七八分豆花奶奶来的原因。你小子，还我怎么来了？你明知故问！豆花奶奶一边说，一边往屋里走。麻子爷爷呢？小武哥开始顾左右而言他。你爷爷老毛病又犯了，他血压一直不好，这次幸亏他孙子来看他，就及时地把他送去医院了，他要是再不找个人在身边，下次再犯，送他的就该是阎王爷了。豆花奶奶一边愤愤地说，一边又打量着小武。奶奶，您来找我是为相亲的事情吧？豆花奶奶白了一眼小武哥，你也知道我是为这事儿来的啊？奶奶，不合适。出身、习惯都不合适。哎，你个傻孩子，追女生，追女生，女生就是要追的嘛，犯不上和人家置气嘛。奶奶知道你是个好孩子，我也和我那老姐妹说了，她也跟我说，她孙女的脾气不是特别好，从小宠坏了。豆花奶奶喋喋不休地说着的时候，小武哥听到门铃响了，小武哥知道来的是小媛。你有朋友来的咯？嗯。正好我该说的也说完了，那我也走了。小武哥说，奶奶，留下吃饭吗？刚做好的饭。不啦，我家里有饭，不吃又要倒掉，浪费。小武哥开门送豆花奶奶出去，豆花奶奶看到了站在门外的小媛，临走时，说了一句，怪不得，怪不得，原来你小子金屋藏娇啊！小武哥冲豆花奶奶扮了个鬼脸，小媛也对豆花奶奶笑了一下。那老人家是谁呀？小媛一边往里走，一边寻找可以放水果的地方，这才发现，小武哥这里并没有客厅，所以，小媛走着走着，就走到卧室里来了，小媛扭头一看，在正对床的墙面上，有一个长得不错的女人的照片，穿的是泳衣。在这个女人旁边还有一个大大的白底黑字的海报，忍。黑色的忍字已经变得斑驳，像是被摩挲过很多遍了。就让你带个凤梨，你带那么多水果。没有客厅，饭就在厨房吃吧。小武哥不知道小媛是在瞅女人的照片，还是在瞅那个忍字，打岔道。没关系的，在厨房吃可以的，你的饭盒给你带来了，给你，还有水果放哪里？饭盒给我，水果你也给我吧，我放冰箱里好了，赶紧洗洗手吃饭。

小武哥边说话，边从小媛手里接过水果，一气呵成，熟稔得就像俩人已经是老夫老妻了。你坐呀，不要那么拘谨，把这里当成自己的家。望着腰上系着围裙的小武哥，小媛"扑哧"一声笑了，你怎么那么像我妈？小武哥低头看了看自己的装扮也笑了，像你妈不好吗？可以照顾好你啊。小武哥说"啊"的时候，特地把音调给挑高了，就像在撒娇。听到小武哥这么说，小媛煞白的脸"唰"地一下子变红了。两人很快就把晚饭一扫而空，谁也没有客气。小媛跟小武哥说饭菜很好吃，这是她这么些年在外打工吃过的最好吃的一顿饭，比南京东路的餐厅的饭还好吃。吃过饭，小武哥和小媛都坐到了卧室的床上，一个坐在左边的床沿上，一个坐在右边的床沿上，中间隔着一床灰色的薄被。谁要是能做你女朋友，真的是太有福气了。小媛低着头缓缓地说道。那你做我女朋友怎么样？小武哥你说什么？我说你做我女朋友！可是我只是一个做按摩的。做按摩的怎么了？做按摩的就比不做按摩的缺胳膊少腿了吗？可是，你是认真的吗？你看我像是不认真吗？小武哥一边说着一边沿着床一路前进，坐到了小媛的身边。小武哥这才注意到，今天的小媛身上散发着淡淡的香气，她的眼睛上还涂了眼影，散发着迷人的光晕，小武哥觉得，她一点儿也不比中午的那个严梓月逊色。

小武哥说，我是认真的。小武哥一边说，一边把嘴靠近了小媛的耳后，一点一点地吻了起来，小媛没有反抗，而是抱住了小武哥。小武哥知道，自己是男人，而且也是受女人欢迎的男人……

小武哥从小媛的身上退了下来，躺到了小媛的身边，他又拽起旁边的被子，盖在了两人的胴体之上。以后别做按摩了吧，去餐厅、去超市做个收银员啥的不好嘛？好是挺好，但是那个工资低啊，我也想，但是我要是去餐厅、去超市，就没有足够的钱供我弟弟上大学、供我母亲看病了。我母亲病了，你还记得我们认识的那天吗？我出去抽烟，其实我并不喜欢抽烟。那天我母亲跟我说她病了，她的胸口不舒服。

我怎么问她，她都不说是怎么回事。我就按照她说的症状，去百度查了。网上说基本可以确定是乳腺癌。小武哥注意到，小媛说着的时候，眼里已经有泪了。我现在天天打喷嚏，不知道是不是我娘在想我了。你知道吗？如果有一个人想你了，你就会打喷嚏，我觉得是真的。所以我害怕，一打喷嚏我就害怕，就想起我小时候那个下午。你说要是那天我不打喷嚏，是不是我爹就不会想我，我爹不想我，是不是我爹就不会发生意外？你别想那么多，百度的你也别信，很多时候，他们都是为了挣钱，骗人的。我知道，我也只能这么骗自己，就算我母亲的病不是真的，我也得拼命地挣钱。我弟弟上学、谈女朋友还有不少的花销呢。小媛一边说，一边拿起放在一边的手机，找出里面的一张照片给小武哥看。照片里是一男一女两个学生，男的很青涩，就像大学时候的小武哥，女的也很秀气漂亮。唉。小武哥轻轻地叹了一口气。小武和小媛都没有说话，两人靠在一起，都在盯着那个忍字。

整个小区听不到一点儿声响，只有几只狗在小区里乱叫，叫得让人心烦。

小媛说，我明天还要上钟，今天得回宿舍休息。不然那帮姐妹们又要碎嘴了。小媛一边说一边开始穿衣服。小武哥说，你等我一下，我给你拿样东西。小武哥说着也把衣服穿了起来。从衣服口袋里掏出一个钱夹子，把里面的钱都拿了出来。你把这个钱拿着吧。小武哥把一沓钞票递到了小媛的面前，小媛望着那一沓大团结，两眼并没有放光，反而黯淡下去了不少。小武哥，你这是把我当成啥了？我不要你的钱。你自己留着吧，你也不容易。小媛说完之后，小武哥突然抽泣了起来，我谁的钱不给，也不能不给你啊。你比我还不容易啊！小武哥哭着哭着，就把头埋到了小媛的身上，小媛低下头紧紧抱着小武哥。两个人都没有说话。

小媛是在十一点钟的时候走的。钱，小媛还是没要。小媛最后走的时候说，这个钱自己可以拿，但是拿了，以后再也不会见小武哥了，小武哥就把钱收了回来。临走的时候，小武哥问，能不能做我女朋友？我是认真的。小媛转身说，看你表现。说完，又笑了一下。

小媛走之后，小武哥晚上在床上睡不着，打了一个喷嚏，又打了一个喷嚏，连着打了三个喷嚏。小武哥想，是不是小媛在想我。正想着的时候，电话响了，小武哥以为是小媛，急忙去拿手机，不是小媛。但电话号码小武哥觉得似曾相识，小武哥接了电话。这次电话那头是一个女人的声音，帅哥，我们已经联系不上二房东了，我们也不为难你，你继续免费住十天左右吧，抓紧找房子。到时候你要是不搬，我们是不会客气的。小武哥听完，一句话也没有说，直接就把电话给挂了。小武哥给二房东发了一条信息，没有人回，小武哥舒了一口气，心想二房东可能睡了吧。小武哥转念安慰自己，自己有底气，就算是二房东不给房东钱了，那也是二房东和房东的事情，和自己无关。自己付了钱，签了合同，白纸黑字，谁来了，也绕不过这个理。小武哥也在网上查阅了法律法规，自己拥有这个房子的使用权。小武哥不怕。他现在满脑子想的都是小媛的事情。

小武哥再见到小媛的时候，是在第二周的周六了。

小武哥第二周周一的时候问小媛，周五晚上有没有空，他想请小媛看电影，正好第二天周末可以好好放松一下，小媛说要加班。周二的时候，小武哥问小媛什么时候方便，小媛说要看情况，自己有点忙。周三的时候，小武哥问小媛这周六有没有时间，自己去菜市场买一些好吃的，给小媛打牙祭，小媛说周六有约了，小武哥问小媛，约的是男朋友、女朋友？小媛回了一串省略号。周四的时候小武哥问小媛周六晚上有没有时间，小媛说没有，那时候差不离在和小姐妹逛街。周五的时候小武哥问小媛周日白天有没有时间，小媛说周日还要加班。小武哥说怎么那么多班？小武哥把情况告诉了同事，同事说，女孩子都爱惊喜，小武哥说，我明白了。

周六的时候，小武哥没有和小媛提前打招呼，他想直接去找小媛，给小媛一个惊喜。在他去找小媛之前，中午在家里吃过饭，他先去了麻子爷爷那里，豆花奶奶也在，不过看样子豆花奶奶也是刚去，两个人就一起坐在沙发上。沙发正前方就是麻子爷爷老伴的照片，一个年轻的女人，目光向他们射来，像是在盯着豆花奶奶和麻子爷爷他们两位作报告。小武啊，你怎么过来了？给您老送点儿晒的咸鱼，您一个人在家早上煮粥馏一馏，就着吃，开胃。小武哥一边答着，一边把晒干的一小包咸鱼放到了客厅里的桌子上。啊呀呀，你看看，多懂事的孩子。我那个孙子要是和小武一样就好了。麻子爷爷一边说着，一边抓住了豆花奶奶的手，豆花奶奶一边抽手，一边说，都多大年纪了，当着孩子的面儿，还挺能整景，赶紧松开。小武哥看着二老，笑呵呵地说，我又不是啥外人，啥整景不整景的，我都懂，奶奶你这话是从哪里学来的，一股东北大糟子味。豆花奶奶没有答话，手也没有再动，只是温柔地白了一眼小武哥。孩子说得对，小武啊，我也不瞒着你了，我和你奶奶准备去领证了，我们相互就个伴。好事，好事，奶奶爷爷。要是办酒席，我还要上一份厚礼呢。小武哥又笑了起来。酒席就不办了，我那大孙子龙龙就在这附近开了个啥会所，能泡澡啥的，到时候一起去他那里，你也去。一定去，一定去。这个臭小子说今天来看我的，到现在也没有来。那估计是有啥事给耽误了吧！豆花奶奶安慰说。能有啥事，不知道又去哪里花天酒地了！麻子爷爷说。奶奶爷爷，你们待着，我还有事要出去，就不和你们聊啦。八成是去会小姑娘吧？豆花奶奶开玩笑道。啥小姑娘？我怎么不知道？麻子爷爷看了看小武哥，又看了看豆花奶奶。豆花奶奶给麻子爷爷使了一个眼色。哦，哦，明白，明白，小伙子嘛。小武哥笑了笑，没说话，从门口下楼出去了。

　　小武哥兴冲冲地去高档蛋糕店买了一些蛋糕，是巧克力冰淇淋的，他已经准备好了跟小媛说，我要正式向你表白。他想做小媛的男朋友，还想把她带回家。小武哥本来想毕业好好奋斗，在上海留下。但是他发现，有时候不是你努力了就一定会有收获。退一步也许能海阔天空。所以，遇到了小媛之后，小武哥觉得凭自己的能力，回到老家的二线城市去创业，带着小媛也未尝不是一件美事。想到这儿的时候，小武哥又去水果店买了一些时下的水果，车厘子、火龙果，还有一份榴莲，跟过年似的。

小武哥快到按摩店的时候，不远不近，看到有一辆别克牌的小轿车停在按摩店的门口，车牌是沪A的。车里驾驶座上的那个人和他年纪相仿，染着黄头发，胸前挂着一根大金链子。不知道在向店里的谁招手，这时候，小媛从店里走了出来，小武哥拎着手上的水果、蛋糕，正想打招呼，却看到小媛直接坐到了副驾驶上，和黄毛比画了一阵子，最后黄毛打了一个表示"好"的手势，车子一掉头径直开了起来。车子开得并不快，似乎并不是要去哪里，倒像是在寻找停车的地方。小武哥拎着水果、蛋糕跟着车子跑了起来，一个人远远地跟在车子的后面，若即若离。在周末出行的高峰，在上海拥堵的街道，一辆车很可能跑不过一个人，这是很正常的。车上的人，有没有注意到小武哥，小武哥不确定，但是小武哥确定街上的人一定没有注意到他，街道上的人都是匆匆地来、匆匆地走，谁也不会多看谁一眼，即使你是个亮眼的大帅哥，或者是个穿着时尚的大美女，有人看你一眼，也不过是用目光欣赏一下。

别克车开出去没多久，就拐入了一条偏街的角落里，停在了一株法桐下面。小武哥看到在车子的上方，有一片叶子簌簌地落了下来，正好砸在了车子上。

　　小武哥抬头，太阳快要落下山了。小媛从车子里走了下来。车上的另一个人并没有下来，车子也没有要开走的意思，只有小媛一边捋了捋头发，一边快步走上了正街，随着人流消失在了道路上。小媛从法桐旁边快步走过的时候，小武哥把身子转了过去，抱着自己买的水果和糕点，把脸深深地埋在了这些东西的后面。小武哥觉得这样小媛就看不见自己了，好像做错事的是自己。看着小媛走远了，小武哥把手里的东西都放到了法桐下面，他卷了卷袖子，撸了起来，一双古铜色的手臂露了出来，小武哥走到了别克车驾驶座旁边的车门那里，轻轻地敲了敲车门，小武哥看到黄毛正在车里闭着眼抽烟。黄毛看到有人敲门，把车窗摇了下来，小武哥趴在车门上，告诉他，自己是这一片的管理员，他的车子在这里停车，需要缴纳一下停车费，请他下来一下。黄毛打开车门下了车子，愤愤地说道，你是哪里来的，猪鼻子插葱装大象，我在这里不知道停过多少次车了，有时候白天，有时候晚上，有时候深夜，从来没有见过这一片还有收停车费的。小武哥说你说得对，这里没有管理员，我也不是管理员。黄毛急了，那你小子想要干吗？小武哥没有说话，一拳打了出去，正中黄毛的鼻子，黄毛也不是吃素的，他的体格和小武哥相比，不相上下，但比小武哥多了一股子狠劲儿，黄毛和小武哥厮打在了一起。小武哥并没有打架经验，也没有和别人正面冲突的经验，能想起来的和别人正面冲突的事，还是上初中的时候。那时候他长得很瘦弱，也很懦弱，班级里有男生和他闹着玩，在教室的门口趁他不注意，一把把他的裤子给拉了下来。在外面玩耍的很多同学都看到了他的花内裤。那条花内裤已经被母亲洗得掉了颜色，凸的那地方还有一个补丁，是从自己穿小了的一条秋裤上裁下来一块补上的。他当时没有立即反应过来，反应过来之后，也只是站在原地号啕大哭，他就在那里一直哭。脱他裤子的男同学蹲在远远的地方，不知所措地看着他，后来有同学看不下去了，把事情告诉了老师，还是老师抓着他的手打了男同学一拳，他才停止了哭泣。所以和黄毛的战斗，小武哥不仅没有占到便宜，反倒比黄毛挂的彩还要重。从正街路过的人虽然来也匆匆、去也匆匆，但是他们的动静确实闹得大了点，有人报了警。街道民警赶来的时候，两人已经分开了，小武哥被打倒在地上，黄毛正准备开车离开。民警赶来的时候，看着躺在地上、满脸血迹的小武哥，又看看只是鼻子破了的黄毛，盯着黄毛问，是谁挑的事？小武哥说是我，不关他的事，都是我。民警问，你为啥挑事打人家？小武哥说，我就是看他开着沪 A 的车不爽，我仇富！民警又盘问了黄毛，最终确定确实是小武哥先动的手，按照《治安管理条例》，小武哥要被罚款，还要被行拘。小武哥问警察，可不可以和朋友交代一下事情。民警点点头，表示可以。小武哥给公司的人事发了一条请假的信息，给小媛发了一条信息——你好好的。手机就被收走了。手机被收走的时候，小武哥又收到了房东发来的一条短信，再不搬家，不要怪我们不客气，到时候你的东西我们都给你丢出去，你该去哪儿去哪儿。我们说到做到。小武哥看到了，但还没有来得及回复，民警就催促着他上车了。小武哥在派出所，咬死了是他自己挑事，打了停车在那里休息的黄毛。其他的什么也没有说。民警比对了小武哥和黄毛的口供，从小武哥让黄毛从车子里下来，把他打了，再到警察来没有任何出入，十分一致，因此案子也十分明了了。小武哥罚款2000元，行拘十天。小武哥问，那……那个黄毛呢？民警说，管好你自己就行了，你管人家？民警说完，又告诉他，黄毛虽然不是挑事的，但是也属于打架斗殴，不过情节较轻，罚款1000元。民警还告诉小武哥，那个黄毛是一个大老板的儿子，人家经常给社区老人送爱心，是一位年轻的志愿者呢，叫孙龙龙。

　　小武哥在被拘留期间，麻子爷爷在第三天的时候来了一回。小武哥想，麻子爷爷真是把自己当成他的亲孙子了。小武哥不知道麻子爷爷怎么知道自己被行拘了，猜可能是居委会的人告诉了麻子爷爷。麻子爷爷看到小武哥，说，你这个孩子看着老实，怎么学会打人了？小武哥只是笑笑，没有说话。麻子爷爷叹了一口气，又说，自己听儿子给自己打电话说，自己的孙子好像也和别人闹了点矛盾，动了手，所以接下来这些天，孙子也不能到自己这里来看望自己，陪自己了。小武哥问麻子爷爷，你孙子叫什么呀？麻子爷爷说，我记得跟你说过呀，叫龙龙，孙龙龙。麻子爷爷还告诉小武哥，犯了错不打紧，知错就改还是好孩子。自己的儿子年轻的时候，在外面做生意没少和别人打架，也进过局子，但是现在也混得挺好啊。小武哥说，我知道了，爷爷。探视的时间快到了的时候，小武哥对麻子爷爷说，爷爷你要是方便，可以和你孙子龙龙说一声，别往心里去。年轻人打架，过去就过去了。麻子爷爷拄着拐杖走出去的时候，冲着玻璃里面的小武哥点了点头，颤巍巍地离开了。小武哥在拘留所把事想明白了。他想，回家吧，回家发展。再耗下去也没什么意思，在家找个工作，贷款买套房子，相亲娶个老婆也挺好。小武哥还打了几次喷嚏。小武哥想，还有谁在想自己呢？十天小武哥以为很漫长，但是眨眼就过了。出来的那天，民警把小武哥的东西，主要是电子设备还给了他。出来的时候，民警拍了拍小武哥的肩膀，以后不要再犯事了，做个老实人。小武哥点了点头，说，谢谢，谢谢警察叔叔，我记住了！我一定做个老实人。

　　小武哥办完手续，从派出所出来，外面下着雨，民警送给他一把伞。小武哥说用完会回来还给警察叔叔，民警说，不用还了，也不希望在这里再见到他。另外，这伞也是家人去商场参加活动，商家送的，不值什么钱，民警说如果真要还，那就在别人需要帮助的时候，伸手帮一把。小武哥说，好。在把手机还给小武哥之前，民警特地帮他充了一些电，没有充满，但电量足够小武哥乘公交车扫码支付，和朋友联系。小武哥拿到手机的第一件事，就是打开手机，他想先和小媛联系，也想看看小媛联系自己了没有。小武哥打开手机，"嗡嗡嗡"地弹出了好多条消息，小武哥没有想到发来消息最多的是公司的人事，一个四十多岁的中年女人。消息里只有一个意思，公司把他开除了，因为他缺勤了十天，联系他也没有联系上，后来公司派人了解到，他打架斗殴被行拘了，就更不能要他了。最后一条是说，在微信里请假不作数，所以他是因为缺勤被开除的，不违反《劳动法》。人事让他在出狱之后回公司办理离职手续。小武哥打了一个问号，发出去，被拒绝接收了。小武哥又发出去一句骂人的话，但还是被拒收了，只有他自己能看得到。还有几个朋友找自己的消息。小武哥没有点进去查看，一直往下刷，终于在最后一条未读消息看到了小媛，只不过头像已经换了，是一个网红脸的女人，和严梓月的很像。微信消息只有一条，但是很长。小媛说，小武哥，对不起！那天我看到你了。我知道你知道了，现在你也知道我知道了。我就是个俗人。你该去找个好人家的姑娘。好日子不是属于我这样的人的，从你那里回来，我就接到了我妈的电话，我妈说，我弟在学校里，谈了一个女朋友，长得挺不错，我也给你看过的。她很早之前就告诉我了，所以我知道之后，每个月给我弟弟生活费，都尽量多给一些。后来他们学校，又有一个男生想追他的女朋友，他把人家给打伤了，如果不赔偿五万块钱，他们就要把我弟弟送进监狱。我们全家就指着我弟弟了，我不能让他进监狱啊。龙哥经常在我这里做按摩，他人很好，对我很好，他可以帮我还钱，但是我要跟他。对不起！小武哥看完，只觉得嘴里发苦，他在对话框里打了一句话——你没有什么对不起我的。过了很久，小武哥又把这条消息给删掉了。

小武哥想，在离开之前，还是去见一眼小媛吧，不然他不甘心。小武哥到按摩店的时候，又看到了那辆别克车停在按摩店的门口，小武哥有一种恍如隔世的感觉。只不过车里没有人。之前在吧台见到过的那个女孩，倒是一手撑着伞，一手在车的旁边嗑瓜子。小武哥走了过来，正在嗑瓜子的女孩，看到了小武哥，大吃一惊，说了一声，哥，你来了？像是给什么人发信号似的。小武哥笑了笑，说我就来看看，和小媛告个别，没啥事，不用担心。小媛姐在换衣服，我出来透透气，里面也有她的一个朋友在等她，你要是不介意，就进店里去等吧。小武哥点了点头，进到店里了。一进门，小武哥看到黄毛就坐在自己以前坐的地方，跷着二郎腿抽烟。小武哥冲着黄毛笑了笑，能给我根烟吗？黄毛没有说话，从口袋里掏出一盒烟，从中抽出一根，又把打火机递给了小武哥。咱们打架，虽然是你挑的事，但是我并没有吃亏，你一个人把事都扛下来了，是条汉子。小武哥还是没说什么，接过打火机，把烟点着了，塞进了嘴里。老烟枪？黄毛问。还行，不大抽！小武哥一边说，一边咳嗽了起来，他只觉得香烟一点儿也不香，吸到肺里，一股火辣辣的感觉。兄弟，能不能出去说个话，这里人多嘴杂的。行。黄毛说。黄毛跟着小武哥走到了门口十几米的地方，旁边就是大马路，来来往往的人很多，黄毛不用担心小武哥对自己使黑手。

　　小武哥说，你在追小媛？黄毛点了点头。小武哥吸了一口烟说，我知道你就是玩玩而已。黄毛没有说话，双手抄着口袋盯着来来往往的行人看。姑娘是个好姑娘，命不好，要是好命，也不会年纪轻轻，在这里工作。你知道吗？小武哥说。我知道。黄毛说。你就算是玩玩，也好好对她，行吗？小武哥又吸了一口烟，烟已经快被吸完了。黄毛还没来得及说话，小媛出来了。小武哥？小媛说。小武哥冲着小媛笑了笑，说，没啥事，就是来看你一眼。小武哥对小媛说，小媛，我要回老家了，准备回老家发展，家里给说了一门亲事。小媛说，小武哥，你是个好人，以后要幸福啊！小武哥又对小媛说，小媛，以后要对自己好一点儿。小媛说，小武哥，我知道啦。小武哥说，没啥事了，那我走啦。黄毛和小媛都没有说话，看着小武哥走出去了几米远。小武哥又转身问黄毛，你是不是叫孙龙龙啊？黄毛说，是，你怎么知道？麻子爷爷是你爷爷？小武哥又问。是。黄毛说。没事多去看看老人。小武哥说。烟已经快要烧到他的指头了，只剩下最后一点儿火苗。我爷爷已经去世了。黄毛说。麻子爷爷走了？小武哥脸上露出吃惊的表情。啥时候的事？又问。一个礼拜了。黄毛说。小武哥又想说什么，但是小武哥觉得话好像都堵在了喉咙里，说不出来。小武哥硬硬地又挤出来一句，不是说快要和豆花奶奶结婚了，我和他住在一个小区，他明明好好的啊？小武哥自己也察觉出来自己的哭腔。年纪大了，早晚的事，赶巧那几天我没去看他，脑梗死，发现的时候，人已经没了。豆花奶奶现在也离开幸福家园，去她女儿那里了。黄毛说道，声音不大。但是小武哥都听清楚了，小武哥没再说什么，彳亍着往前走，小武哥没发觉，他手上剩下的烟头不知道什么时候掉在了地上，而他还保持着夹烟的姿势，像是一只螃蟹。

小武哥一步一步走到家的时候，天还没有黑，但是他在楼下向顶楼望去的时候，看到了分明的光亮。小武哥突然想起来，自己把房东这茬事给忘了。小武哥加紧了自己的脚步，但是上楼梯的时候，却像是灌了铅似的，怎么都走不快。小武哥走到家里的时候，用自己的钥匙去开门，但是开不开，小武哥这才注意到，锁已经被人给换了。小武哥"咚咚咚"地敲起了门，还没敲几下，就有一个中年男人把门打开了，问，你找谁？没有要让小武哥进去的意思。小武哥说，这是我家！中年男人嘀咕了一句，你就是那个租客吧，可算是回来了，我是房东，进来吧，把你的东西都弄走。小武哥进去之后，才发现，自己所有的东西都已经被打包好了，说是打包，其实只不过是用床单将被子裹了起来，将一些生活用品都堆放到了墙脚，就连墙上的女人照片也已经被撕了下来，只有那个"忍"字还在。

小武哥还看到一个年轻的女人正在厨房里给自己的东西打包。你们干什么？小武哥眼疾手快，一个转身，就跳进了厨房，从年轻女人的手里把自己的锅碗瓢盆抢了下来。你说我们干什么？我们前前后后已经和你说了三次了，已经给足了你时间，现在怨不得我们了。你今天必须搬出去！年轻女人说。我付了一年的租金，为什么让我搬？小武哥大声呼喊，希望能在气势上压倒他们。我们是房东，租给你房子的是二房东，现在二房东跑路了，已经拖欠了我们两个月的租金，你不搬谁搬？房东的声音更大了，小武哥觉得就像听到了打雷，吓得他一哆嗦。叔叔、姐姐，我可是付了一年的房租！你们说二房东跑路了，谁让你们授权给二房东了？如果不是你们授权给二房东，他们也没有权利把房子租给我。现在出了事，你们去找二房东啊！小武哥一边说着，一边将锅碗瓢盆又倒了出来。看到小武哥将东西又倒了出来，年轻女人对房东说了一句，达令，扔他的东西。说完，年轻女人又转身去卧室拎被子，往门外丢。房东也跟着丢。你们不许扔我的被子，那是我的被子，小武哥说着哭了起来。房东和年轻女人没有理小武哥，房东将被子丢了出去，年轻女人也往外面开始扔枕头、玩偶一类的小东西，把小武哥当成了空气。

　　小武哥号叫了起来，我看你们谁敢，谁敢？小武哥一边说着，一边蹲下捡起了地上的菜刀。小武哥怒目圆睁，拿着刀往前试探着。看了看小武哥手里的刀，年轻女人和房东都停了下来。房东说，你个小赤佬，我谅你也不敢。一边说着，房东一边往小武哥的身边靠近。有本事往这砍。房东一边说着，一边亮出了自己细长白的脖子，好似自己的脖子是金刚做的，不怕刀砍似的。他的双手还抱着小武哥新买的褥子。

小武哥突然觉得，年轻女人好像就是自己在地铁站见到过的那个女人，又像严梓月。小武哥一想，那都快是一个月之前的事了。

最后，小武哥把刀架在了自己的脖子上。